W0402064

1781

WILLIAM TREVOR

Geborgtes Glück

Die schönsten Erzählungen

Ausgewählt und mit einem
Nachwort von Hanns Zischler

| Hoffmann und Campe |

Aus dem Englischen von Thomas Gunkel
und Hans-Christian Oeser

1. Auflage 2013
Copyright © 1975, 1981, 1987, 1990 by William Trevor
Copyright für diese Ausgabe © 2013 by
Hoffmann und Campe Verlag, Hamburg
www.hoca.de
Einbandgestaltung: Katja Maasböl, Hamburg
Kleisterpapier nach Herrnhuter Art: Gisela Reschke
Satz: Pinkuin Satz und Datentechnik, Berlin
Druck und Bindung: GGP Media GmbH, Pößneck
Printed in Germany
ISBN 978-3-455-40447-0

HOFFMANN
UND CAMPE

Ein Unternehmen der
GANSKE VERLAGSGRUPPE

INHALT

IN ISFAHAN

Sie lernten einander ganz zufällig kennen, im oberen Büro der Chaharbagh Tours Inc. Ein Junge im unteren Büro hatte Normanton gebeten, nach oben zu gehen und zu warten: Die Stadtrundfahrt werde etwas später beginnen, da es Probleme mit dem Motor des Minibusses gebe.

Das obere Büro mit seinen an zwei Wänden aufgereihten Stühlen ähnelte eher einem winzigen Wartezimmer als einem Büro. Die Stühle waren sehr einfach: Metallrahmen und rotes Plastik auf Schaumgummi. Es gab einen Tresen, auf dem sich kostenlose Isfahan-Reiseführer auf Französisch und Deutsch stapelten, Führer über Shiraz und Persepolis auch auf Englisch. An den Wänden hingen Poster des Iranischen Fremdenverkehrsamtes: der Berg Damavand, die Straße nach Chalus, einheimische Tänzer südiranischer Volksstämme, der Apadana-Palast in Persepolis, die Medrese von Isfahan. Kosten und Konditionen der Chaharbagh Tours waren eindeutig festgelegt: *Rundfahrten mit De Luxe Microbus. Pro Person 375 Rial (5 Dollar). Rundfahrten in französischer und englischer Sprache. Microbus kommt zum Hotel, andernfalls kommen Sie zum Büro. Sämtliche Eintrittspreise inbegriffen. Keine Einkaufsgelegenheiten. Chaharbagh Tours Inc. wünscht Ihnen alles Gute.*

Auf eine Broschüre gestützt, die sie auf ihrer Handtasche ausgebreitet hatte, schrieb sie gerade mit Kugelschreiber einen Luftpostbrief. Eine unbequeme Schreibposition, die ihr jedoch nichts auszumachen schien. Sie schrieb flüssig, ohne aufzublicken, als er eintrat, ohne innezuhalten, um darüber nachzudenken, was sie im nächsten Satz sagen wollte. Sonst befand sich im oberen Büro niemand.

Er nahm einige Faltblätter von den Ständern auf dem Tresen. *Isfahan était capitale de l'Iran sous les Seldjoukides et les Safavides. Sous le règne de ces deux dynasties l'art islamique de l'Iran avait atteint son apogée.*

»Wollen Sie auch die Stadtrundfahrt machen?«

Er drehte sich zu ihr um, überrascht, dass sie Engländerin war. Sie war schlank und wäre vermutlich nicht sehr groß, wenn sie sich aufrichtete, eine Frau in ihren Dreißigern, ohne Ehering. Ihre Augen in dem blassen Gesicht waren hinter riesigen runden Sonnenbrillengläsern verborgen. Ihr Mund war sinnlich mit recht vollen Lippen, das Haar weich und schwarz. Sie trug ein pinkfarbenes Kleid und weiße hochhackige Sandalen. Nichts an ihr wirkte elegant.

Sie ihrerseits sah einen Mann, der ihr typisch englisch vorkam. Er war mittleren Alters mit grau meliertem Haar, trug einen Leinenanzug und einen dazu passenden Leinenhut. Sein Gesicht wies zahlreiche Runzeln und Fältchen auf, besonders um die Augen und den Mund herum. Wenn er lächelte, bildeten sich noch mehr Runzeln und Fältchen. Seine Haut war gebräunt, sah allerdings so aus, als sei sie normalerweise bleich. Sie schätzte, dass er sich erst seit ein paar Wochen in Persien aufhielt.

»Ja, ich will auch die Stadtrundfahrt machen«, sagte er. »Es gibt Probleme mit dem Minibus.«

»Sind wir beide die Einzigen?«

Er sagte, das glaube er nicht. Der Minibus werde die Hotels abklappern und die Leute, die Karten für die Rundfahrt gelöst hätten, einsammeln. Er wies auf die Notiz an der Wand.

Sie nahm ihre dunkle Brille ab. Ihre Augen waren ihr hervorstechendstes Merkmal: wunderschöne braune Augen von unendlicher Tiefe, die sich in ihrem eher gewöhnlichen Gesicht geradezu geheimnisvoll ausnahmen. Ohne die dunkle Brille hatte sie das Aussehen einer Inderin: Lippen, Haare und Augen vereinigten sich zu diesem Eindruck. Ihre Aussprache dagegen war eindeutig englisch und durch ihr Bemühen, einen stark näselnden Cockney-Akzent zu verdecken, womöglich hässlicher, als sie ursprünglich sein mochte.

»Ich schreibe gerade an meine Mutter«, erklärte sie.

Er lächelte sie an und nickte. Sie setzte die Sonnenbrille wieder auf und befeuchtete mit den Lippen die Ränder des Luftpostkuverts.

»Microbus bereit«, sagte der Junge von unten, ein lächelnder Halbwüchsiger von etwa fünfzehn Jahren mit schwarz geränderter Brille und blendend weißen Zähnen. Er trug ein weißes Hemd mit sorgfältig aufgerollten Ärmeln und eine braune Baumwollhose. »Rundfahrt beginnt, bitte«, sagte er. »Ich bin Reiseleiter Hafiz.«

Er führte sie zum Minibus. »Sie zwei deutsch?«, erkundigte er sich, und als sie antworteten, sie seien Engländer, sagte er, es kämen nicht viele Engländer nach Persien. »Amerikaner«, sagte er. »Franzosen. Deutsche oft.«

Sie stiegen ein. Der Fahrer wandte den Kopf, nickte und lächelte ihnen zu. Mit Hafiz wechselte er ein paar Worte auf Persisch und lachte.

»Er beginnt einen Witz«, sagte Hafiz. »Er wünscht mir alles Gute. Das ist die erste Rundfahrt, die ich mache. Entschuldigen Sie mich, bitte.« Er las Faltblätter und Reiseführer durch, wobei er sich nervös mit der Zunge über die Lippen fuhr.

»Ich heiße Iris Smith«, sagte sie.

Er heiße Normanton, verriet er ihr.

Sie fuhren durch das blaue Isfahan, vorbei an Kuppeln und Minaretten und an Andenkenläden in der Chahar Bagh Avenue, jede Fläche mit blauen Mosaiken verziert, selbst die Taxis blau lackiert. Wegen des dürren Bodens wirkten Bäume und Gräser besonders kostbar. Der Himmel war bleich und verhieß Hitze.

Der Minibus hielt am Park Hotel, am Intercontinental und am Shah Abbas Hotel, in dem Normanton übernachtete. Vor dem Old Atlantic, das, wie Iris Smith am Flughafen von Teheran erfahren hatte, billig und sauber war, fuhr er nicht vor. Er sammelte eine Gruppe von Franzosen ein, ein deutsches Paar, das sich einen Sonnenbrand zugezogen hatte, und zwei junge Amerikanerinnen mit rosigen Gesichtern. Hafiz sprach weiterhin englisch und erklärte, dies sei die einzige Fremdsprache, die er beherrsche. »Ladies-Gentlemen, ich bin Schüler aus Teheran«, verkündete er stolz, und dann gestand er: »Isfahan kenne ich nicht gut.«

Der Anführer der französischen Reisegruppe, ein gereizt aussehender Mann, den Normanton für einen Universitätsprofessor hielt, hatte bereits dagegen protestiert, dass ihr Reiseleiter kein Französisch sprach. Er protestierte abermals, als Hafiz sagte, er kenne Isfahan nicht gut, und beschwerte sich, er sei erheblich getäuscht worden.

»Nein, nein«, erwiderte Hafiz. »Das ist nicht meine Schuld, Sir, ich bin armer persischer Schüler, Sir. Gestern Abend komme ich das erste Mal nach Isfahan. Es ist unmöglich, dass mein Vater mich schon einmal nach Isfahan schickt.« Er lächelte den gereizten Franzosen an. »Also, hören Sie bitte, Ladies-Gentlemen. Heute Morgen wir beginnen glückliche Rundfahrt, sehen viele kuriose Szenen.« Wieder blitzte sein Lächeln auf. Auf Englisch las er aus einem Faltblatt der Iran Air vor: »*Isfahan ist das Schmuckstück des isla-*

mischen Persien, aber vor mindestens zweitausend Jahren gegründet! Jetzt, Ladies-Gentlemen, sind wir vor dem Chehel-Sotun-Palast. Das ist Pavillon von lyrischer Schönheit, Palast von vierzig Säulen, wo Schah Abbas II. alle seine königlichen Gäste bewirtete. Alle verlassen bitte Microbus.«

Normanton schlenderte allein zwischen den vierzig Säulen des Palastes umher. Die jungen Amerikanerinnen machten Fotos, das deutsche Paar ebenso. Ein Mitglied der französischen Reisegruppe hantierte mit einer Videokamera, um bewegte Bilder einzufangen, dabei bewegten sich nur die Touristen und ihre Reiseleiter. Die junge Frau namens Iris Smith schien fehl am Platz, fand Normanton, wie sie auf ihren hochhackigen Sandalen herumstöckelte.

»So, jetzt Masjed-e Schah«, rief Hafiz und klatschte in die Hände, um seine Schäfchen wieder aufzulesen. Der reizbare Franzose fuhr fort zu protestieren und beschwerte sich darüber, dass zu viel Zeit auf das Chehel Sotun verschwendet worden sei. Hafiz lächelte ihn an.

»*Masjed-e Schah*«, las er von einem Faltblatt, als der Minibus sich wieder in Bewegung setzte, »*ist herausragendste und imposanteste Moschee, erbaut Anfang des 17. Jahrhunderts von Schah Abbas dem Großen.*«

Doch als der Minibus vor der Masjed-e Schah vorfuhr, stellte sich heraus, dass diese wegen Renovierungsarbeiten für Touristen geschlossen war. Die Sheikh-Lotfollah-Moschee bedauerlicherweise ebenfalls.

»So wir beginnen Teppichweberei«, sagte Hafiz und schüttelte angesichts der Proteste des französischen Professors lächelnd den Kopf.

Die Kameras bewegten sich zwischen den Teppichweberinnen, Frauen jeden Alters, die mit flinken Händen Isfahan-Teppiche für den Export herstellten. »Sehen Sie jetzt alle her«, befahl Hafiz und zeigte auf einen Teppich, in den die Gesichtszüge des verstorbenen Präsidenten Kennedy eingewoben waren. »Bitte sehen Sie dieses Können, Ladies-Gentlemen.«

Im Minibus gab er bekannt, dass die Rundfahrt sie nunmehr zur Masjed-e Jamé, der Großen Freitagsmoschee, führen werde. Diese, berichtete er, nachdem er seine Faltblätter zurate gezogen hatte, repräsentiere persische Architektur des 9. bis 18. Jahrhunderts. »*Älteste und größte in Isfahan*«, las er vor. »*Nicht zu verpassen! Viele Minarette in engen Reihen!* Alle verlassen Microbus, Ladies-Gentlemen. Alle treffen sich in einer Stunde bei Microbus.«

Daraufhin erhob sich seitens der französischen Reisegruppe ein Geschnatter. Laut Broschüre sollte es eine geführte Stadtrundfahrt sein, bei der die verschiedenen Sehenswürdigkeiten erläutert würden. Die Stadtrundfahrt kostete dreihundertfünfundsiebzig Rial.

»Gut, Ladies-Gentlemen«, sagte Hafiz. »Ladies-Gentlemen kommen zu mir, um Informationen zu beginnen. Andere Ladies-Gentlemen kommen in einer Stunde zu Microbus.«

Eine Stunde in der Freitagsmoschee war eine lange Zeit. Normanton schlenderte davon, durch staubige, bevölkerte Gassen zu den Marktplätzen, wo die Briefeschreiber auf ihren Schemeln schliefen und der Analphabeten mit ihren Sorgen harrten. In dem heißen, grellen Sonnenlicht feilschten Bauern, die ihre Waren anboten, mit gerissenen Krämern. Im Staub kauerten Schuster und fertigten Schuhe an. Auf einem Holzstuhl unter einem Baum wurde ein Mann rasiert. Andere Männer tranken Sorbett und stritten sich so heftig, wie es die Hitze eben erlaubte. Verschleierte Frauen eilten vorüber und blieben nur stehen, um an Fleischbuden Innereien zu betasten oder Reiskörner zu befingern.

»Sie sind vom Touristenpfad abgekommen, Mr Normanton.«

Ihre weißen, hochhackigen Sandalen waren von einer Staubschicht überzogen. Sie sah müde aus.

»Sie auch«, erwiderte er.

»Ich bin froh, dass ich Sie treffe. Ich wollte gerade fragen, wie viel das Kleid hier kostet.«

Sie zeigte auf ein schlaffes blaues Kleid, das an einem Stand hing. In dieser Gegend der Welt sei es schwierig für eine Frau ohne Begleitung, sich nach dem Preis von etwas zu erkundigen, führte sie aus. Das kenne sie bereits aus ihrem Leben in Bombay.

Er fragte den Budenbesitzer, was das Kleid kosten solle, aber es erwies sich als zu teuer, auch wenn der Preis Normanton eher niedrig vorkam. Der Budenbesitzer folgte ihnen die Straße entlang und erbot sich, den Preis zu senken, er habe auch noch andere Waren: Taschen, Baumwolltücher, Elfenbeinschnitzereien, alles beste Qualität, alles günstige Gelegenheiten. Normanton forderte ihn auf, sie in Ruhe zu lassen.

»Sie leben in Bombay?« Er fragte sich, ob sie vielleicht Inderin war, in London aufgewachsen, oder ein Halbblut.

»Ja, ich lebe in Bombay. Und manchmal in England.«

Das war die Aussage einer Frau, die Iris Smith ganz und gar nicht ähnelte: Sie suggerierte Vornehmheit, eine gewisse Eleganz, Schönheit und einigen Wohlstand.

»Ich war noch nie in Bombay«, sagte er.

»Es lässt sich dort recht angenehm leben. Ein reges gesellschaftliches Treiben.«

Sie gelangten wieder zur Großen Freitagsmoschee.

»Haben Sie das alles schon gesehen?« Er machte eine Handbewegung.

Sie bejahte, aber er hatte den Eindruck, dass sie sich mit der Moschee nicht sonderlich befasst hatte. Er konnte sich nicht vorstellen, was sie nach Isfahan gelockt hatte.

»Ich reise für mein Leben gern«, sagte sie.

Die französische Gruppe hatte sich bereits wieder im Minibus eingerichtet, alle bis auf den Mann mit der Videokamera. Sie unterhielten sich lärmend untereinander und beschwerten sich über Hafiz und Chaharbagh Tours. Das Paar traf ein; nach ihren Streifzügen war die sonnenverbrannte Gesichtshaut der beiden Deutschen noch stärker gerötet. Hafiz kehrte mit den beiden jungen Amerikanerinnen zurück. Er lachte und begann mit ihnen zu flirten.

»So«, sagte er im Minibus, »wir beginnen die Schwankenden Minarette. *Zwei Minarette, die schwanken können*«, las er vor, »*acht Kilometer vor der Stadt.* Sehr berühmt, Ladies-Gentlemen, sehr kurios.«

Der Fahrer fuhr an, aber die französische Reisegruppe protestierte schrill und erklärte, der Mann mit der Videokamera sei zurückgelassen worden. »*Où est-ce qu'il est?*«, rief eine Frau in Rot.

»Ich erzähle euch einen persischen Witz«, sagte Hafiz zu den jungen Amerikanerinnen. »Ein persischer Student beginnt auf einer Party –«

»*Attention!*«, rief die Frau in Rot.

»*Imbécile!*«, brüllte der Professor Hafiz an.

Hafiz lächelte ihnen zu. Er verstehe ihre Sorgen nicht, sagte er, während sie ihn weiter anschrien. Bedächtig nahm er seine Brille von der Nase und wischte einen Staubfilm ab. »Also, ein persischer Student beginnt auf einer Party«, setzte er von Neuem an.

»Ich glaube, Sie haben jemanden vergessen«, sagte Normanton. »Den Mann mit der Videokamera.«

Der Fahrer des Minibusses lachte, und dann, als er seinen Irrtum erkannte, lachte auch Hafiz. Er setzte sich auf einen Sitz neben den jungen Amerikanerinnen und lachte hemmungslos. Er schlug sich mit der Faust auf die Knie und entblößte seine blendend weißen Zähne. Der Fahrer schaltete den Rückwärtsgang ein und drückte auf die Hupe. »Böser Mann!«, sagte Hafiz zu dem Franzosen, als der in den Bus kletterte, und lachte erneut. »Hahaha«, lachte er, und der Fahrer und die jungen Amerikanerinnen stimmten in sein Gelächter ein.

»*Il est fou!*«, murmelte einer aus der französischen Reisegruppe verärgert. »*Incroyable!*«

Normanton warf einen Blick in den Minibus und stellte fest, dass Iris Smith, belustigt von all den fremdländischen Gefühlswallungen, ihn schon anblickte. Er lächelte ihr zu, und sie lächelte zurück.

Hafiz bezahlte zwei Männer dafür, die Schwankenden Minarette zu besteigen und sie zum Schwanken zu bringen. Der Franzose fing bewegte Bilder von dieser Schwingung ein. Hafiz verkündete, dass in der Nähe das Mausoleum eines Einsiedlers liege. Von dem Dach, auf dem sie standen, zeigte er auf die Aussicht. Langsam las er aus einem der Faltblätter vor und informierte sie, dass der Ausblick grandios sei. »Auf der Party«, sagte er zu den jungen Amerikanerinnen, »betrachtet der Student ein Flugzeug auf der Brust eines schönen Mädchens.« ›Warum du betrachtest mein Flugzeug?‹, beginnt das Mädchen. ›Gefällt dir mein Flugzeug?‹ ›Was mir gefällt, ist nicht das Flugzeug‹, beginnt der Student. ›Was mir gefällt, ist der Flughafen des Flugzeugs.‹ Das ist ein persischer Witz.«

Auf dem Dach mit den Schwankenden Minaretten war es ausgesprochen heiß. Normanton setzte seinen Leinenhut auf. Iris Smith band sich ein schwarzes Chiffontuch um den Kopf.

»Wir beginnen zu den Büros«, sagte Hafiz. »Heute Nachmittag wir besuchen die Vank-Kathedrale. Auch kuriosen Feuertempel.« Er zog seine Faltblätter zurate. »Ein Armenisches Museum. *Hier können Sie sehen eine schöne Sammlung alter Handschriften und Gemälde.*«

Als der Minibus vor den Büros der Chaharbagh Tours anhielt, sagte Hafiz, es sei wichtig, dass alle mit hineinkämen. Er ging voran, durch das untere Büro hinauf ins obere Büro. Tee wurde serviert. Hafiz reichte ein Körbchen mit Naschereien herum, eingewickelte Konfektstücke, die am Ort von Hand hergestellt wurden; sehr kurioser Geschmack, sagte er. Mehrere Männer in leichten Anzügen, die Geschäftsleiter von Chaharbagh Tours, tranken ebenfalls Tee. Als der französische Professor sich beschwerte, die Stadtrundfahrt sei nicht zufriedenstellend verlaufen, lächelten die Männer. Sie leugneten, Französisch oder Englisch zu verstehen, und ließen sich nicht anmerken, ob sie den Unterschied wahrnahmen, als der Professor von der einen Sprache in die andere überwechselte. Wahrscheinlich, so mutmaßte Normanton, beherrschten sie beide Sprachen fließend.

»Werden Sie nach dem Mittagessen weiterfahren?«, fragte er Iris Smith. »Die Vank-Kathedrale, ein Armenisches Museum? Es gibt auch noch die Medrese, die wirklich der schönste Bau von allen ist. Keine Stadtrundfahrt kommt ohne sie aus.«

»Haben Sie die Tour schon einmal gemacht?«

»Ich bin zu Fuß umhergestreift. Habe mich ein bisschen in Isfahan umgesehen.«

»Warum machen Sie dann –?«

»Um etwas zu tun zu haben. Rundfahrten lohnen sich

immer. Zunächst einmal sind andere Leute mit von der Partie.«

»Ich werde mich heute Nachmittag ausruhen.«

»Die Medrese ist leicht zu finden. Sie ist nicht weit vom Shah Abbas Hotel entfernt.«

»Sind Sie dort untergebracht?«

»Ja.«

Sie war neugierig geworden. Das konnte er in ihren Augen ablesen, denn sie hatte die Sonnenbrille abgesetzt. Und doch konnte er nicht glauben, dass er ein ebenso geheimnisvolles Äußeres bot wie sie.

»Soll schön sein, habe ich gehört«, sagte sie. »Das Hotel.«

»Ja, das ist es.«

»Ich finde, alles in Isfahan ist schön.«

»Bleiben Sie lange?«

»Bis morgen früh, mit dem Fünfuhrbus zurück nach Teheran. Ich bin gestern Abend angekommen.«

»Aus London?«

»Ja.«

Die Teezeremonie neigte sich dem Ende zu. Die Männer in den leichten Anzügen verbeugten sich. Hafiz sagte den jungen Amerikanerinnen, er freue sich darauf, sie am Nachmittag wiederzusehen, um zwei Uhr. Falls sie am Abend nichts anderes vorhätten, könnten sie sich treffen. Allen anderen lächelte er zu. Sie würden auch weiterhin eine glückliche Rundfahrt haben, versprach er, um zwei Uhr. Er werde sich geehrt fühlen, ihnen jede gewünschte Information zu geben.

Normanton verabschiedete sich von Iris Smith. Er selbst, sagte er, werde an der Rundfahrt am Nachmittag auch nicht teilnehmen. Nachmittags, dies fügte er nicht hinzu, waren die Leute von der Vormittagstour nie amüsant: Es wäre nicht lustig, wenn der Franzose mit der Videokamera abermals zurückgelassen würde, die Gereiztheit des Professors und Hafiz' englisches Kauderwelsch würden im weiteren Verlauf des Tages voraussichtlich ermüdend wirken.

Er riet ihr erneut, sich die Medrese nicht entgehen zu lassen. Daneben gebe es einen Touristenbasar mit Boutiquen, wo sie vielleicht ein Kleid auftreiben könne. Aber die Preise dort seien höher. Sie schüttelte den Kopf: Sie mache lieber Jagd auf Schnäppchen.

Er ging zu Fuß zum Shah Abbas Hotel. Iris Smith vergaß er.

Sie nahm eine schwache Schlaftablette und schlief auf ihrem Bett im Old Atlantic. Als sie erwachte, war es Viertel vor sieben.

Das Zimmer lag fast im Dunkeln, da sie die Vorhänge zugezogen hatte. Sie hatte ihr pinkfarbenes Kleid ausgezogen und aufgehängt. Sie lag in ihrem Unterrock da und starrte schläfrig zu einer Decke empor, die sie nicht sehen konnte. Kurz vor dem Einschlafen hatten ihre Augen das Netz von Rissen und abblätternder Farbe abgesucht. Da hatte das Licht noch ausgereicht, obwohl die Vorhänge bereits zugezogen waren.

Sie schlüpfte aus dem Bett und trat ans Fenster. Draußen war schon die Abenddämmerung hereingebrochen, ein Licht, das sich mehr als sonst vom grellen Sonnenschein des Nachmittags abzuheben schien. Als sie am Vorabend angekommen war, um Mitternacht, hatte sich Isfahan ebenfalls von Grund auf anders dargeboten: pechschwarz, vollkommen still.

Jetzt war es ganz und gar nicht still. Die blauen Taxis ließen die Motoren aufheulen, wenn sie vor dem Old Atlantic im Stau standen. Touristen plapperten in verschiedenen Sprachen. Scharen von Kindern, die aus der Nachmittagsschule kamen, riefen von einem Bürgersteig zum anderen. Verkehrspolizisten bliesen auf ihren Trillerpfeifen.

Im Dämmerlicht blinkten Neonlichter, und in der Ferne konnte sie die riesige beleuchtete Kuppel der Medrese erkennen, ein dickes blaues Juwel, das die gesamte Stadt beherrschte.

Sie wusch sich und zog sich an, dann öffnete sie einen Koffer, um ein schwarz-weißes Kleid zu finden, das ihre Mutter ihr genäht hatte, und ein mit Rüschen verziertes schwarzes Schultertuch. Mit einem Papiertaschentuch wischte sie den Staub von ihren hochhackigen Sandalen. Es wäre schöner gewesen, ein anderes Paar Schuhe anzuziehen, passender für den Abend, aber dann hätte sie ihre Koffer weiter auspacken müssen, und überhaupt, wer würde von ihr schon Notiz nehmen? Sie schluckte etwas Arznei, weil sie seit Monaten von einem ärgerlichen kleinen Husten gequält wurde, der sich gewöhnlich abends einstellte. Es war jedes Mal dasselbe: Wann immer sie nach England zurückkehrte, holte sie sich einen Husten.

In seinem Hotelzimmer las er, dass der Schah sich in Moskau aufhielt und ein Abkommen mit den Russen aushandelte. Er schloss die Augen und ließ die Zeitung auf den Teppich gleiten.

Um sieben Uhr würde er nach unten gehen, sich in die Bar setzen und die Reisegruppen beobachten. Inzwischen kannte man ihn in der Bar bereits. Sobald er eintrat, würde einer der Barkeeper einen Finger heben und nicken. Einen Moment später würde er seinen Wodka mit Limonensaft und zerstoßenem Eis serviert bekommen. »Hatten Sie einen angenehmen Tag, Sir?«, würde ihn der Barkeeper fragen, wer immer es gerade sein mochte.

Seit der Chaharbagh-Rundfahrt am Vormittag hatte er ein Sandwich mit Hühnerfleisch verzehrt und war schätzungsweise fünfzehn Kilometer gelaufen. Erschöpft hatte er ein Bad genommen und das Fluten warmen Wassers um seinen Körper genossen. Er war richtig schläfrig geworden, bis das Wasser abkühlte und er zu frieren begann. Er hatte sich auf dem Bett ausgestreckt und sich danach gemächlich angezogen – ein anderer Leinenanzug.

Sein Zimmer im Shah Abbas Hotel war riesig, mit einem Balkon, vergrößerten Fotos von Kuppeln und Minaretten und einem Doppelbett, das so groß war wie die Tanzfläche eines Nachtclubs. Seit er es das erste Mal gesehen hatte, musste er immer wieder daran denken, dass es groß war wie eine Tanzfläche. Das Zimmer selbst war so geräumig, dass eine kinderreiche Familie darin Platz gefunden hätte.

Um sieben Uhr ging er nach unten. Er benutzte die Treppe, da er Lifts hasste, außerdem war es angenehm, durch das luxuriöse Hotel zu wandern. Im Foyer war eine Gruppe von etwa vierzig Schweizern eingetroffen. Einen Augenblick lang blieb er an einer Säule stehen und beobachtete sie. Ihr Leiter regelte etwas an der Rezeption, Gepäckträger schafften die Koffer der Neuankömmlinge aus dem Flughafenbus. Sie blickten glücklicher drein, als die einzelnen Gepäckstücke ausgeladen waren. Schweizer Archäologen, mutmaßte Normanton, die Gruppenreise irgendeiner Genfer Gesellschaft. Und statt geradewegs die Bar aufzusuchen, schritt er schließlich aus dem Hotel in die Abenddämmerung.

Sie begegneten sich im Touristenbasar. Sie hatte eine Brosche erstanden, ein farbiges Baumwolltuch, eine Tragetasche aus Segeltuch. Als er sie sah, wusste er sofort, dass er nur zum Touristenbasar gegangen war, weil er sie dort vermutet hatte. Sie gingen zusammen weiter, verglichen die Preise für elfenbeinerne Miniaturen, die traditionellen Polospiel-Szenarien, verschiedentlich dargestellt. Es war reine Neugier, weiter nichts, weswegen er ihre Bekanntschaft erneuern wollte.

»Die Medrese ist geschlossen«, sagte sie.

»Man kann trotzdem hinein.«

Vom Basar aus führte er sie hin, und vor der Medrese klingelte er. Dem Portier steckte er ein paar Rial zu. Sie würden nicht lange bleiben.

Sie bestaunte die Ruhe, die Stille der offenen Innenhöfe, die blauen Mosaikwände, das blaue Wasser, die stumm betenden Männer. Sie nannte die Medrese eine Grotte des Himmels. Sie hörte einen Laut und sagte, es sei eine Nachtigall, und er sagte, mag sein, aber der eigentliche Ort für Nachtigallen sei Shiraz. »Wein und Rosen und Nachtigallen«, sagte er, weil er wusste, dass er sie damit erfreute. Auch Shiraz sei schön, aber nicht so schön wie Isfahan. Der Rasen in den Innenhöfen der Medrese sei nicht wie gewöhnlicher Rasen, sagte sie. Umgeben von all der Bläue, gewönnen selbst die Pflastersteine und das Wasser eine andere Dimension. Blau sei die Farbe der Heiligkeit: Hier könne man die Heiligkeit sinnlich spüren.

»Sie ist schöner als das Taj Mahal. Man ist vollkommen verzaubert.«

»Möchten Sie einen Drink, Miss Smith? Ich könnte Ihnen den Zauber des Shah Abbas Hotel zeigen.«

»Das wäre jetzt genau das Richtige.«

Diesmal hatte sie ihre Sonnenbrille nicht auf. Wenn sie

sprach, kratzte der näselnde Klang ihrer Stimme auch jetzt wieder in seinen Ohren, ihre Augen aber schienen noch herrlicher als am helllichten Tag. Schade, dass er ihr nicht sagen konnte, ihre Augen seien genauso schön wie die Baukunst der Medrese, doch eine solche Bemerkung würde natürlich missverstanden werden.

»Was darf's denn sein?«, fragte er sie in der Hotelbar. Die Angehörigen der Schweizer Reisegruppe um sie herum sprachen ausnahmslos Französisch. Eine Gruppe texanischer Ölarbeiter und ihrer Ehefrauen, die schon am Vorabend in der Bar gesessen hatte, war auch wieder da und hatte dieselbe Ecke in Beschlag genommen. Das sonnenverbrannte deutsche Paar von der Chaharbagh-Rundfahrt war da, zusammen mit anderen Deutschen, mit denen es sich angefreundet hatte.

»Ich hätte gern einen Whisky«, sagte sie. »Mit Soda. Das ist sehr nett von Ihnen.«

Als ihre Drinks serviert wurden, schlug er ihr vor, eine Führung durchs Hotel zu machen. Ihre Drinks könnten sie mitnehmen, sagte er. »Ich werde Reiseleiter Hafiz sein.«

Er genoss es, ihr das Hotel zu zeigen, weil sie die ganze Zeit Laute des Entzückens von sich gab, in den marmornen Gängen den Atem anhielt und die endlosen Wandmosaiken befühlte. Ihre hochhackigen Sandalen versanken im plüschigen Teppich. Sie sei völlig verzaubert, sagte sie: der Schimmer des Goldes und des Spiegelglases zwischen dem Blau und Rot der Mosaiken, das wunderschön gearbeitete Mobiliar, die Treppe, die Kronleuchter.

»Das ist mein Zimmer«, sagte er und drehte den Schlüssel im Schloss einer polierten Mahagonitür um.

»Donnerwetter!«

»Setzen Sie sich, Miss Smith.«

Sie ließen sich nieder und nippten an ihren Getränken. Sie unterhielten sich über das Zimmer. Sie trat auf den Balkon hinaus, dann kam sie herein und setzte sich wieder. Es sei ziemlich kalt geworden, bemerkte sie und fröstelte ein wenig. Daraufhin hustete sie.

»Sie haben eine Erkältung.«

»In England hole ich mir jedes Mal eine Erkältung.«

Sie saßen in zwei mit dunklem Tweed bezogenen Sesseln, zwischen ihnen ein Glastisch. Ein Zimmermädchen hatte das Bett gemacht. Sein grüner Pyjama lag auf dem Kopfkissen für ihn bereit.

Sie sprachen über die Leute auf der Rundfahrt, über Hafiz und den gereizten Professor und über den Franzosen mit der Videokamera. Sie hatte Hafiz und die jungen Amerikanerinnen im Touristenbasar gesehen, im Teeladen. Am Nachmittag hatte der Minibus eine Panne gehabt: Er hatte ihn vor dem Armenischen Museum gesehen, der Fahrer und Hafiz hätten die Zündkerzen überprüft.

»Meiner Mutter würde sie so gut gefallen«, sagte sie.

»Die Medrese?«

»Meine Mutter würde ihren Geist erfassen. Und ihre Heiligkeit.«

»Ihre Mutter lebt in England?«

»In Bournemouth.«

»Und Sie selbst –«

»Ich war bei ihr auf Urlaub. Sechs Wochen waren geplant, und ein Jahr bin ich geblieben. Mein Mann ist in Bombay.«

Er blickte auf ihre linke Hand in der Meinung, sich geirrt zu haben.

»Ich habe meinen Ehering die ganze Zeit nicht getragen. In Bombay werde ich das wieder tun.«

»Möchten Sie zu Abend essen?«

Sie zögerte. Erst schüttelte sie den Kopf, aber dann besann sie sich eines anderen. »Sind Sie sicher?«, fragte sie. »Hier im Hotel?«

»Das Essen imponiert mir noch am wenigsten.«

Er hatte sie gefragt, weil er sich mit einem Mal nur noch ungern in diesem riesigen Schlafzimmer mit ihr aufhielt. Es war vergnüglich, sie durchs Hotel zu führen, aber er wollte keine Missverständnisse aufkommen lassen.

»Gehen wir nach unten«, sagte er.

In der Bar nahmen sie noch einen Drink. Die Schweizer Gruppe war schon gegangen, ebenso die Deutschen. Die Texaner lärmten lauter als zuvor. »Noch einmal dasselbe bitte«, bat er den Barkeeper und klopfte gegen ihre beiden Gläser.

In Bournemouth hatte sie das Jahr über als Stenotypistin gearbeitet. Auch in der Vergangenheit, vor ihrer Heirat, als sie und ihre Mutter noch in London wohnten, hatte sie als Stenotypistin gearbeitet. »Mein angeheirateter Name lautet Mrs Azann«, sagte sie.

»Als ich Sie das erste Mal sah, fand ich, dass Sie ein wenig indisch aussehen.«

»Vielleicht kommt das, wenn man einen Inder heiratet.«

»Und Sie sind Engländerin durch und durch?«

»Ich habe mich stets zum Orient hingezogen gefühlt. Eine geistige Wahlverwandtschaft.«

Ihr Gesprächsstil erinnerte an den in einer Novelle. Dies und ihre Stimme, ihre unpassenden Schuhe, ihr Husten und dass sie in der kühlen Abendluft nicht genug am Leib trug – all das ergab ein abgerundetes Bild, nur ihre Augen fielen aus dem Rahmen. Und je länger sie von sich sprach, desto mehr schienen ihre Augen einem anderen Menschen zu gehören.

»Ich bewundere meinen Mann sehr«, sagte sie. »Er ist sehr vornehm. Hochintelligent. Zweiundzwanzig Jahre älter als ich.«

Dann, sie saßen noch immer in der Bar, erzählte sie ihm ihre Geschichte. Obwohl sie es nicht aussprach, hatte sie des Geldes wegen geheiratet. Und obwohl sie eindeutig die Wahrheit sagte, als sie gestand, dass sie ihren Mann bewunderte, war die Ehe nicht rundum glücklich. Zunächst einmal konnte sie keine Kinder haben, was zum Zeitpunkt der Hochzeit keiner von ihnen gewusst hatte und was, als es zur unumstößlichen Tatsache wurde, ihren Ehemann verärgerte. Sie selbst war ungehalten gewesen, als sie herausfand, dass ihr Mann nicht so reich war, wie es den Anschein gehabt hatte. Er sei Besitzer eines Möbelhauses, hatte er im Regent Palace Hotel gesagt, wo sie sich zufällig begegnet waren, als sie auf jemand anders wartete: Das entsprach ja noch der Wahrheit, nur hatte er ihr verschwiegen, dass sein Möbelhaus nicht florierte. Ungehalten war sie auch, als sie in der Hochzeitsnacht entdeckte, dass sie sich nur ungern von ihm berühren ließ. Und es gab noch ein Problem: In ihrem Bungalow in Bombay wohnten außer ihr und ihrem Mann auch noch seine Mutter und eine Tante, sein Bruder und sein Geschäftsleiter. Für eine junge Frau, die ein solches Gemeinschaftsdasein nicht gewohnt war, ließ sich das Leben in dem Bungalow in Bombay schwierig an.

»Das klingt mehr als schwierig.«

»Manchmal.«

»Er hat Sie geheiratet, weil Sie wie eine Inderin aussehen, während Sie in anderer Hinsicht das Gegenteil einer Inderin sind. Ihre blasse englische Haut. Ihre – Ihre englische Stimme.«

»In Bombay unterrichte ich Sprecherziehung.«

Er musste blinzeln, dann lächelte er, um die Unhöflichkeit zu überdecken, die sich womöglich in seinem Gesicht gespiegelt hatte.

»Für indische Frauen«, sagte sie, »die in den Club kommen. Mein Mann und ich sind Mitglieder eines Clubs. Das ist das Beste am Leben in Bombay, der gesellige Verkehr.«

»Eine sonderbare Vorstellung – Sie in Bombay.«

»Ich habe darüber nachgedacht, nicht zurückzugehen. Ich dachte, dass ich vielleicht bei meiner Mutter wohnen bleiben könnte. Aber in England ist nicht mehr viel.«

»Ich hänge sehr an England.«

»Das dachte ich mir.« Sie hustete wieder, nahm ihre Arznei aus ihrer Handtasche und tröpfelte ein wenig davon in ihren Whisky. Sie trank einen Schluck der Mixtur, dann entschuldigte sie sich mit der Bemerkung, das sei nicht sehr damenhaft. Im Club würde ein solches Benehmen Stirnrunzeln hervorrufen.

»Bei dem Husten sollten Sie wirklich eine Strickjacke tragen.« Er winkte dem Barkeeper und bestellte eine weitere Runde.

»Ich bin gleich betrunken«, sagte sie kichernd.

Er hatte das Gefühl, dass seine Neugier berechtigt war. Ihre Geschichte war sonderbar. Er stellte sich vor, wie die indischen Frauen im Club mit ihrer nasalen Intonation englisch sprachen, wie sie die Lippen verdrehten, um die verzerrten Laute zu formen, und wie sie die H ausließen, weil es ihnen so vorgemacht wurde. Er stellte sich Iris Smith im Bungalow vor, mit einem ältlichen Ehemann, der nicht reich war, seinen Verwandten und seinem Geschäftsleiter. Es war ein bitteres kleines Märchen, ein Märchen von Aschenbrödel und einem Prinzen, der kein Prinz war, und die Kutsche verwandelte sich in einen eiskalten Kürbis. Unbehagen verdrängte seine Neugier, und wieder fragte er sich, warum sie nach Isfahan gekommen war.

»Kommen Sie, jetzt gehen wir essen«, schlug er mit leicht ungestümer Stimme vor.

Doch Mrs Azann, die ihn aus ihren herrlichen Augen musterte, sagte, sie könne keinen Bissen herunterbringen.

Er war bestimmt verheiratet, spekulierte sie. Schmerz lag in seinen Gesichtszügen, selbst wenn er viel lächelte und unbeschwert wirkte. Sie überlegte, ob er vielleicht eine schlimme Krankheit überstanden hatte. Als er sie in sein Schlafzimmer gebracht hatte und sie beisammensaßen, hatte sie überlegt, ob er wohl zudringlich werden würde. Aber mit Männern, die zudringlich wurden, kannte sie sich aus, und er schien nicht der Typ dafür zu sein. Er war zu attraktiv, um zudringlich werden zu müssen. Seine Umgangsformen waren zu elegant; er war zu nett.

»Ich werde Ihnen beim Essen zusehen«, sagte sie. »Es macht mir überhaupt nichts aus, Ihnen zuzusehen, falls Sie Hunger haben. Ich möchte Sie nicht um Ihr Abendessen bringen.«

»Nun ja, ich bin ziemlich ausgehungert.«

Seine Lippen wölbten sich, wenn er dergleichen sagte, weil er dabei lächelte. Sie überlegte, ob er wohl Architekt sein könnte. Kaum war ihr die Idee gekommen, nach Isfahan zu reisen, hatte sie gewusst, dass es keine bloße Idee war. Sie glaubte an das Schicksal, das hatte sie schon immer getan.

Sie gingen ins Restaurant, das wie alles andere im Hotel riesig und luxuriös war, schwach erleuchtet, auf jedem Tisch eine Öllampe. Die Art, wie er den Kellnern erklärte, dass sie nichts zu essen wünsche, gefiel ihr. Er selbst bestellte Hühnerkebab und Salat.

»Einen Wein vielleicht?«, regte er an und lächelte auf dieselbe Art. »Persischer Wein ist ausgesprochen süffig.«

»Sehr gern.«

Er bestellte den Wein.

Sie fragte: »Reisen Sie immer allein?«

»Ja.«

»Aber Sie sind verheiratet?«

»Ja.«

»Dann ist Ihre Frau wohl ein eher häuslicher Mensch?«

»Ja.«

Sie stellte sich ihn vor in einem Haus in einem Dorf, vielleicht in der Nähe von Midhurst oder Sevenoaks. Sie stellte sich seine Frau vor, eine fähige Frau, tüchtig im Garten und in Ausschüssen. Sie sah seine Frau ganz deutlich vor sich, wie sie Gartenwicken schnitt, etwas füllig, aber nett.

»Sie haben mir gar nichts von sich erzählt«, sagte sie.

»Da gibt es wenig zu erzählen. Ich fürchte, eine Geschichte wie die Ihre habe ich nicht vorzuweisen.«

»Warum sind Sie in Isfahan?«

»Urlaub.«

»Verbringen Sie Ihren Urlaub immer allein?«

»Ich bin gern allein. Ich mag Hotels. Ich mag es, herumzulaufen und die Leute zu beobachten.«

»Sie sind wie ich. Sie reisen gern.«

»Das stimmt.«

»Ich stelle Sie mir in einem Haus in einem Dorf vor, irgendwo in den Home Counties.«

»Das ist sehr klug von Ihnen.«

»Auch Ihre Frau kann ich deutlich sehen.« Sie beschrieb die Frau, die sie deutlich vor sich sah, ohne zu erwähnen, dass sie sie für füllig hielt. Er nickte. Sie habe das zweite Gesicht, sagte er mit seinem Lächeln.

»Die Leute sagen, ich hätte übersinnliche Fähigkeiten. Ich bin froh, dass wir uns getroffen haben.«

»Es war mir ein Vergnügen, Sie kennenzulernen. Geschichten wie die Ihre sind selten genug.«

»Aber sie ist wahr. Jedes Wort.«

»Oh, ich weiß.«

»Sind Sie Architekt?«

»Sie sind wirklich bemerkenswert«, sagte er.

Er beendete seine Mahlzeit, und gemeinsam leerten sie die Flasche Wein. Sie tranken Kaffee, und dann fragte sie ihn, ob er netterweise Kaffee nachbestellen würde. Die Schweizer Reisegesellschaft hatte das Restaurant verlassen, ebenso das deutsche Paar mit seinen neuen Freunden. Andere Tischgäste waren gekommen und gegangen. Die Texaner waren gerade im Aufbruch begriffen, als Mrs Azann noch einen Kaffee vorschlug. Keiner der anderen Tische war besetzt.

»Aber gewiss«, sagte er.

Er wünschte, sie würde jetzt gehen. Sie hatten den Abend gemeinsam herumgebracht. Ihre hässliche Stimme würde er lange Zeit ebenso wenig vergessen wie ihre schönen Augen. Auch das Märchen, das bitter für sie ausgegangen war, würde er nicht so leicht vergessen. Aber das war es dann auch schon. Der Abend war zu Ende.

Der Kellner brachte ihnen den Kaffee. Die Aufgabe schien ihn außerordentlich zu ermüden.

»Sollten wir vielleicht noch einen Drink nehmen? Was meinen Sie?«, fragte sie. »Ob es hier wohl Zigaretten gibt?«

Er bestellte einen Brandy und sie einen weiteren Whisky. Der Kellner brachte ihr amerikanische Zigaretten.

»Eigentlich will ich nicht nach Bombay zurück«, sagte sie.

»Das tut mir leid.«

»Ich würde gern für immer in Isfahan bleiben.«

»Sie würden sich ungemein langweilen. Hier gibt es keinen Club. Überhaupt kein gesellschaftliches Leben für eine Engländerin, würde ich meinen.«

»Gesellschaftliche Aktivitäten sind mir wichtig.« Sie lächelte ihn an und zog dabei ihren sinnlichen Mund breit. »Mein Vater war Verkäufer«, sagte sie. »In einem Coop. Das hätten Sie nicht gedacht, stimmt's?«

»Nein«, log er.

»Das ist mein kleines Geheimnis. Wenn ich das den Frauen in meinem Club erzähle oder der Mutter meines Mannes oder seiner Tante – die würden einen Anfall bekommen. Nicht einmal mein Mann weiß davon. Nur meine Mutter und ich teilen dieses Geheimnis.«

»Verstehe.«

»Und jetzt Sie.«

»Bei Fremden sind Geheimnisse gut aufgehoben.«

»Warum, glauben Sie, habe ich Ihnen dieses Geheimnis anvertraut?«

»Weil wir wie zwei Boote in der Nacht sind.«

»Weil Sie mitfühlend sind.«

Der Kellner hielt sich in der Nähe auf, dann näherte er sich ihnen verwegen. Die Bar sei geöffnet, so lange sie es wünschten. In der Bar gebe es Unmengen anderer Getränke. Geschickt räumte er die Kaffeekanne und ihre Tassen ab.

»Er ist wie ein Magier«, sagte sie. »Alles in Isfahan hat etwas Magisches.«

»Sind Sie froh, dass Sie gekommen sind?«

»Immerhin habe ich Sie hier kennengelernt.«

Er erhob sich. Er musste einen Augenblick stehen, da sie

sitzen blieb, die Handtasche auf dem Tisch, darauf das mit Rüschen verzierte schwarze Schultertuch. Sie hatte ihren Whisky noch nicht ausgetrunken, aber er erwartete, dass sie das Glas an die Lippen heben und trinken würde, so viel sie eben wollte, oder dass sie es einfach stehen lassen würde. Sie stand auf und ging, das Glas in der Hand, mit ihm aus dem Restaurant. Die freie Hand schob sie unter seinen Arm.

»Unten gibt's eine Diskothek«, sagte sie.

»Oh, ich fürchte, das ist nichts für mich.«

»Für mich auch nicht. Gehen wir wieder in unsere Bar.«

Sie reichte ihm ihr Glas und sagte, sie müsse mal verschwinden. Sie hätte gern einen weiteren Whisky mit Soda, sagte sie, obwohl sie ihr Glas noch gar nicht ausgetrunken hatte. Ohne Eis, sagte sie.

Die Bar war leer bis auf einen einzelnen Barkeeper. Normanton bestellte einen weiteren Brandy für sich und Whisky für Mrs Azann. Eigentlich bevorzugte er sie als Iris Smith mit ihrem billigen pinkfarbenen Kleid und der Sonnenbrille, die ihre Augen verbarg: Sie hätte eine beliebige kleine Stenotypistin sein können, außer dass sie Mr Azann geheiratet und eine Geschichte zu erzählen hatte.

»Es ist trotz allem nett«, erklärte sie, als sie sich setzte. »Es ist nett, obwohl er immer nur Sie-wissen-schon-was will und trotz der Frauen im Bungalow, seines Bruders und des Geschäftsleiters. Sie alle lehnen mich ab, weil ich Engländerin bin, besonders seine Mutter und seine Tante. Er selbst lehnt mich nicht ab, denn er ist verrückt nach mir. Dem Geschäftsleiter macht es nichts aus, nehme ich an. Den Hunden auch nicht. Verstehen Sie? Trotz allem ist es schön, jemanden zu haben, der verrückt nach einem ist. Und der Club, das Gesellschaftsleben. Selbst wenn wir knapp bei

Kasse sind – für eine Frau ist es besser als in England. Zum Beispiel das Personal.«

Der Whisky beeinträchtigte ihre Ausdrucksweise. Eine Stunde zuvor hätte sie nicht gesagt »Sie-wissen-schon-was« oder »knapp bei Kasse«. Eigenartig, dass sie sich derartiger Feinheiten bewusst war und doch nicht den nasalen Akzent in ihrer Stimme hören konnte, der sie sofort verriet.

»Aber Sie lieben Ihren Mann nicht.«

»Ich respektiere ihn. Es ist nur, dass ich es hasse, Sie-wissen-schon-was mit ihm zu haben. Wie ich das hasse! Ich habe ihn nie wirklich geliebt.«

Er bedauerte seine Bemerkung, dass sie ihren Mann nicht liebe; sie war ihm herausgerutscht, und es war bedauerlich, da es ihn auf eine Weise ins Gespräch zog, die ihm unangenehm war.

»Vielleicht verbessert sich die Lage ja, wenn Sie wieder zurück sind.«

»Ich weiß, wohin ich zurückkehre.« Sie schwieg und suchte seine Augen. »Solange ich lebe, werde ich Isfahan nicht vergessen.«

»Eine wunderschöne Stadt.«

»Ich werde nie die Chaharbagh Tours vergessen oder Hafiz. Ich werde nie die Medrese vergessen, zu der Sie mich gebracht haben. Oder das Shah Abbas Hotel.«

»Ich glaube, es ist an der Zeit, dass ich Sie zu Ihrem Hotel begleite.«

»Ich könnte für immer in dieser Bar sitzen bleiben.«

»Ich fürchte, das Nachtleben ist ganz und gar nichts für mich.«

»Ich werde mir Ihr Bild heraufbeschwören, wenn ich wieder in Bombay bin. Ich werde Sie mir in Ihrem Dorf vorstellen, mit Ihrer Frau, ein glückliches Leben in England. Ich werde mir vorstellen, wie Sie an Ihren Bauentwürfen arbeiten. Ich werde oft daran denken, dass Sie allein reisen, weil Ihre Frau sich nichts daraus macht.«

»Ich hoffe, dass sich die Dinge in Bombay besser anlassen. Manchmal kommt es so, wenn man am wenigsten damit rechnet.«

»Das ist wie Balsam. Sie haben mich sehr glücklich gemacht.«

»Es ist sehr freundlich, dass Sie das sagen.«

»So vieles zwischen uns ist unausgesprochen geblieben. Werden Sie sich an mich erinnern?«

»Aber ja, natürlich.«

Widerstrebend leerte sie ihren Whisky bis zur Neige. Sie nahm ihre Arznei aus der Handtasche, goss ein paar Tropfen davon in das Glas und trank auch diese. Die Arznei helfe gegen das Kitzeln in ihrem Hals, sagte sie. Wenn der vermaledeite Husten komme, verspüre sie immer dieses Kitzeln im Hals.

»Sollen wir zurückgehen?«

Sie verließen die Bar. Wieder hängte sie sich bei ihm ein und ging sehr langsam zwischen den mosaikverzierten Säulen. Auf dem Rückweg zum Old Atlantic Hotel redete sie von dem Abend, den sie miteinander verbracht hatten, wie wunderbar er gewesen sei. Um nichts in der Welt hätte sie Isfahan missen wollen, wiederholte sie mehrere Male.

Als sie sich verabschiedeten, küsste sie ihn auf die Wange. Ihre schönen Augen verschlangen ihn, und einen Moment lang hatte er das Gefühl, dass ihre Augen das Wirkliche an ihr waren und sie so spiegelten, wie sie hätte sein sollen.

Um halb drei wachte er auf und konnte nicht wieder einschlafen. Die Morgendämmerung brach bereits herein. Er lag da und sah zu, wie durch die Vorhänge, die er einen Spaltbreit offen gelassen hatte, damit Luft ins Zimmer kam, immer stärker das Licht eindrang. Ein weiterer Tag war verstrichen: In Gedanken ging er ihn Schritt für Schritt durch, von seinem Spaziergang am frühen Morgen bis zu dem Augenblick, da er seinen grünen Pyjama angezogen hatte und ins Bett gegangen war. Für ihn war dies eine regelmäßige Übung zur Nachtzeit. Er schloss die Augen und rief sich jedes Detail ins Gedächtnis.

Er fand sich wieder in den Büros der Chaharbagh Tours ein, und Hafiz bat ihn wieder, ins obere Büro zu gehen. Er sah sie da sitzen, wie sie an ihre Mutter schrieb, und hörte wieder ihre Stimme, als sie ihn fragte, ob er auch die Stadtrundfahrt machen wolle. Er sah wieder die sonnenverbrannten Gesichter des deutschen Paares vor sich, die rosigen Gesichter der jungen Amerikanerinnen und die Gesichter der französischen Reisegesellschaft. Er machte wieder seinen Nachmittagsspaziergang, und danach nahm er sein Bad. Im Basar kam sie auf ihn zu, mit ihrer dunklen Brille und ihren kleinen Einkäufen. Dann war die Geschichte an der Reihe, die sie ihm erzählt hatte.

Er für sein Teil hatte nichts von sich preisgegeben. Er war einverstanden mit dem novellenartigen Bild, das sie sich von ihm gemacht hatte, von seinem Leben in einem Dorf in den Home Counties, vom wohlhabenden Architekten, verheiratet mit einer Frau, die gärtnerte. Architekt war ein ebenso romantischer Beruf geworden wie Arzt, und er hatte keinen Grund gehabt, ihr die Illusion zu rauben. Sie würde ihn für immer vor sich sehen, wie er exotische Gegenden bereiste, allein, weil er es genoss, weil seine Frau ein häuslicher Mensch war.

Warum hatte er ihr nichts von sich erzählen können?

Warum hatte er nicht eine Geschichte gegen eine andere eintauschen können? Sie hatte alles ruiniert und versuchte nicht, es zu verbergen. Das Leben hatte sie enttäuscht, sie selbst hatte sich enttäuscht. Lächerlicherweise erteilte sie indischen Frauen Sprechunterricht und sah darin nichts Lächerliches. Sie hatte ihm ihr Geheimnis anvertraut, und er wusste, dass er es tatsächlich nur mit ihr und ihrer Mutter teilte.

Die Stunden vergingen. Er sollte mit ihr in diesem Bett liegen, das so groß war wie eine Tanzfläche. Im Morgengrauen sollte er in ihre herrlichen Augen schauen, verliebt in das Geheimnis, das sie bargen. Er sollte sich ihr anvertrauen und sie um Mitgefühl bitten, so wie sie ihn um seines gebeten hatte. Er sollte ihr erzählen, dass er ins Zimmer gekommen war, nicht etwa in einem Dorf in den Home Counties, sondern im harschen, hässlichen Hampstead, und seine zweite Frau, so wie schon seine erste, mit einem fremden Mann im Bett ertappt hatte. In aller Demut hätte er sie fragen sollen, weshalb er ein geborener Hahnrei war, weshalb sich gleich zwei Frauen ganz unterschiedlichen Temperaments und Charakters dazu veranlasst fühlten, sich zu seinen Lasten einen Liebhaber zuzulegen. Wenn die Wärme ihres Körpers den seinen wärmte, hätte er ihr sagen sollen, dass seine zweite Frau ihm gestanden hatte, größeren sexuellen Genuss zu verspüren bei dem Gedanken, dass sie ihn betrog.

Diese Geschichte war nicht besser als ihre, aber zweifellos genauso unangenehm. Und doch hatte er nicht den Mut aufgebracht, sie zu erzählen, da sie ihn in ein gewisses Licht rückte. Er reiste ohne Mühe, bewegte sich auf Oberflächen und bot doch selbst nur Oberfläche. Als Fremder war er annehmbar: In zwei Ehen hatte man ihm nicht verziehen, dass er sich als ein anderer entpuppte, als der er schien. Einmal ein Hahnrei zu sein war Spielerpech, aber ein zweites Mal zum Hahnrei zu werden, hatte etwas von Rache. In aller Demut hätte er sie danach fragen können.

Um halb fünf stellte er sich ans Fenster und blickte hinaus auf die menschenleere Straße vor dem Hotel. Inzwischen wäre sie auf dem Weg zum Busbahnhof, um den Fünfuhrbus nach Teheran zu nehmen. Er könnte sich anziehen, sich sogar noch rasieren und immer noch rechtzeitig hingelangen. Er könnte in ihrem Namen den Aufpreis zahlen, den die Fluggesellschaft aufschlagen würde. Er könnte ihr seine Geschichte anvertrauen, und sie könnten ein paar Tage miteinander verbringen. Sie könnten zusammen nach Shiraz fahren, in die Stadt des Weines, der Rosen und der Nachtigallen.

Er stand am Fenster und blickte auf die Straße, in der nichts geschah. Selbst wenn er in alle Ewigkeit dort stehen blieb, würde er den Mut nicht aufbringen, das wusste er. Sie hatte einen mitfühlenden Mann kennengelernt, der ihr wunderbarer vorkam als alle Wunder Isfahans. Sie würde diese Erinnerung zu dem Bungalow in Bombay tragen und nichts von einer Engherzigkeit ahnen, die in Menschen Grausamkeit hervorbrachte. Und er würde sich an eine Frau erinnern, die, tief unter einer wenig anziehenden Oberfläche, jene Würde besaß, die ihre Augen auf geheimnisvolle Weise für sie beanspruchten. Unter anderen Umständen, hätte er eine weniger verhängnisvolle Geschichte zu erzählen gehabt, wäre sie ans Licht gekommen. Doch am frühen Morgen enthüllte sich ihm eine andere Wahrheit: Er war der Stoff, aus dem die Träume sind. Sie hatte Klasse, er nicht.

DAS TEDDYBÄRENPICKNICK

»Ich kann's einfach nicht fassen«, sagte Edwin. »Erwachsene Menschen?«

»Na ja, jetzt sind wir erwachsen, Liebling. Wir waren nicht immer erwachsen.«

»Aber *Teddybären*, Deborah?«

»Ich hab dir bestimmt schon Dutzende Male davon erzählt.«

Edwin schüttelte den Kopf, zog die Stirn kraus und starrte seine Frau an. Sie waren seit sechs Monaten verheiratet: Er war neunundzwanzig und hatte eine steile Karriere in einem Börsenmaklerbüro vor sich, Deborah war sechsundzwanzig und beabsichtigte, so lange Mr Harridances Sekretärin zu bleiben, bis sich ein Kind ankündigte. Sie wohnten in Wimbledon, in einem Etagenhaus namens The Zodiac. Ihre Anschrift lautete Nr. 23 The Zodiac, und wenn Freunde auf ein Gläschen zu Besuch kamen, fanden sie den Namen amüsant und spritzig und machten Scherze über Zwillinge, Stiere und Steinböcke. Es war ein Däne, der The Zodiac 1968 entworfen hatte.

»Ich will dir eins sagen«, versicherte Edwin, »ich werde mich an dieser Sache nicht beteiligen.«

»Aber Liebling –«

»Ach, sei doch nicht so verdammt albern, Deborah.«

Edwins Mutter hatte Deborah »ein hübsches kleines Ding« genannt, was für diejenigen, die sich etwas auf ihren Scharfsinn zugutehielten, einen gewissen Vorbehalt verriet. Edwin gegenüber war sie offener gewesen, in einem Gespräch unter vier Augen, das sie führten, nachdem Edwin erklärt hatte, er und Deborah wollten heiraten. »Denk daran, mein Lieber«, so hatte Mrs Chalm sich damals ausgedrückt, »sie wird nicht immer ein hübsches kleines Ding bleiben. Das ist nun wirklich keine vernünftige Heirat, Edwin.« Mrs Chalm galt als Frau, die nicht lange um den heißen Brei herumredete, wenn es um das Leben der Kinder ging, die sie zur Welt gebracht und aufgezogen hatte; wie sie gern zugab, fackelte sie da nicht lange. Ihr Mann wiederum hielt sich aus allem heraus.

Doch am Ende hatten Edwin und Deborah geheiratet, an einem Dienstagnachmittag im Dezember, und Mrs Chalm beschloss, das Beste daraus zu machen. Sie erteilte Deborah diesen und jenen Ratschlag, schenkte ihr Topfpflanzen für Nr. 23 The Zodiac und zeigte sich von ihrer freundlichsten Seite. Hätte Deborah von den Zweifeln ihrer Schwiegermutter gewusst, sie wäre überrascht gewesen.

»Aber das haben wir doch schon immer gemacht, Edwin. Wir alle.«

»Wer, wir alle, Himmel noch mal?«

»Nun, zum Beispiel Angela. Und natürlich Holly und Jeremy.«

»*Jeremy?* Mein Gott!«

»Und Peter. Und Enid und Charlotte und Harriet.«

»Du hast mir nie ein Wort davon gesagt, Deborah.«

»Doch, bestimmt.«

Das Wohnzimmer, in dem der Streit stattfand, wies ein einziges riesiges Fenster mit Blick auf den fernen Wimbledon Common auf. Die Wände waren mit pflaumenblauer Rupfentapete bedeckt, der Fußboden mit pflaumenblauer Auslegeware. Die Chalms waren noch dabei, sich Möbel anzuschaffen. Was bereits vorhanden war, entsprach dem

Baustil von The Zodiac: gebogener Stahl und Glas. Es gab ein einziges Bild, von einem Distelfeld, das sich bei näherer Betrachtung als Foto erwies. Auf einer gläsernen Tischplatte standen alkoholische Getränke, deren bunte Etiketten die Ecke belebten. Hätten die Chalms in einer viktorianischen Wohnung gelebt oder in einem Cottage in einer ehemaligen Stallung, ihr Wohnzimmer wäre anders ausgefallen, überladener und reicher geschmückt, von seinem architektonischen Umfeld bestimmt. Dekor und Mobiliar waren die Wahl von Neuvermählten, die noch keine Geschmackssicherheit entwickelt hatten.

»Willst du damit etwa sagen, dass ihr alle mit euren Teddybären herumsitzt und ein Picknick veranstaltet?«, fragte Edwin. »Und dass ihr das auch noch mit achtzig machen wollt?«

»Was soll das heißen, mit achtzig?«

»Wenn ihr achtzig seid, Gott noch mal. Willst du mir etwa sagen, dass ihr auch dann noch in diesen Garten geht, wenn ihr herumstolpert und schwerhörig seid, eine Bande von Rentnern, die sich mit Teddybären ins Gras hocken?«

»Ich habe nichts davon gesagt, wie es ist, wenn wir alt sind.«

»Du hast gesagt, es sei eine Tradition, Gott noch mal.«

Er schenkte sich etwas Whisky in ein Glas und gab aus einer Siphonflasche von Sparklets einen Spritzer Soda hinzu. Normalerweise hätte er seiner Frau einen Gin mit trockenem Wermut eingegossen, doch an diesem Abend war er zu verärgert, um ihr den Gefallen zu tun. Er hatte nicht den unbeschwertesten Tag hinter sich. Im Büro war es zu einem Irrtum wegen der BAT-Aktien gekommen, die ein Klient kaufen wollte, und er hatte keine Gelegenheit gehabt, zu Mittag zu essen, denn kaum war die BAT-Geschichte überstanden, war eine Krise wegen Zuckerspekulation ausgebrochen. Es war schon fast acht Uhr, als er endlich nach Hause kam, ins Zodiac, und statt eine Mahlzeit anzurichten, hatte Deborah am Telefon gesessen und mit ihrer Freundin Angela über Teddybären geredet.

Edwin war ein agiler junger Mann mit recht kurz geschorenem schwarzem Haar und einem Gesicht, das ein klein wenig an einen Windhund erinnerte. Er war kräftig und athletisch gebaut, ein tüchtiger Tennisspieler, er begeisterte sich für Squash und, seit neuestem, für Golf. Seine Mutter hatte einmal geäußert, dass Edwin keine Niederlagen verkraftete und bis zur Skrupellosigkeit darum kämpfte, keine erleiden zu müssen. Ihrem Mann gegenüber hatte sie sogar von ihrer Befürchtung gesprochen, dass diese Eigenschaft eines Tages Scherereien heraufbeschwören würde, aber ihr Mann hatte nur erwidert, sie sei vermutlich genau das, was ein Börsenmakler brauche. Mrs Chalm hatte eher an persönliche Beziehungen gedacht, bei denen Niederlagen nicht zu vermeiden waren. Genau die hatte sie im Sinn gehabt, als ihr Zweifel an der Ehe kamen, denn jene Zweifel stellten sich nicht einfach deswegen ein, weil Deborah ein hübsches kleines Ding war: Es war die Verbindung, die Mrs Chalm beunruhigte.

»Zufälligerweise habe ich kein Mittagessen gehabt«, sagte Edwin jetzt bissig. »Ich habe einen langen, unangenehmen Tag hinter mir, und wenn ich nach Hause komme –«

»Tut mir leid, Liebling.«

Deborah erhob sich sogleich von den pflaumenblauen Sofakissen und ging in die Küche, wo sie zwei Schweinekoteletts aus einer Tragetüte von Marks and Spencer's nahm und sie unter den Grill des elektrischen Kochherds legte. Ferner holte sie eine Packung gefrorener Brokkoliröschen aus der Tragetüte und zwei Trifle von Marks und Spencer's. Als sie am Nachmittag Briefe getippt hatte, hatte sie sich vorgenommen, die Koteletts und die Brokkoliröschen zur Abwechslung mit gebratenen Nudeln zu servieren. Eine Woche zuvor hatten sie gebratene Nudeln in dem neuen mexikanischen Restaurant gegessen, auf das sie gestoßen waren, und Edwin hatte gesagt, wie wunderbar die schmeckten. Sobald sie die Wohnung betreten hatte, schleuderte Deborah ihre Schuhe von sich und hatte sie seitdem nicht wieder angezogen. Sie trug ein Kleid mit scharlachroten Petunien. Dunkelhaarig, mit einem herzförmigen Gesicht und blauen Augen, die gelegentlich einen verwirrten Ausdruck annahmen, wirkte sie mehrere Jahre jünger als sechsundzwanzig, eher wie achtzehn.

Sie setzte Wasser auf, um die Brokkoliröschen zu kochen, obwohl die Koteletts noch lange nicht gar wären. Für die Nudeln tat sie Öl in eine Pfanne in der Hoffnung, dass man sie auf diese Weise briet. Sie konnte nicht verstehen, weshalb Edwin sich so ereiferte, nur weil Angela angerufen hatte, und schrieb es der Tatsache zu, dass er nicht zu Mittag gegessen hatte.

Edwin stand vor dem großen Wohnzimmerfenster und ließ seinen Blick über die Baumwipfel und, in der Ferne, über den Wimbledon Common schweifen. Sie musste anderthalb Stunden mit Angela telefoniert haben, vermutlich noch länger. Er hatte versucht, sie anzurufen, um ihr mitzuteilen, dass er sich verspäten würde, doch die Leitung war jedes Mal besetzt gewesen. Sorgfältig ging er in Gedanken die drei Jahre durch, die er Deborah jetzt kannte, doch an die Erwähnung eines Teddybärenpicknicks konnte er sich nicht erinnern. Er hatte sehr entschieden behauptet, dass sie dergleichen nie erzählt habe, aber das hatte er nur aus Verärgerung getan, um seine Sicht der Dinge durchzusetzen: Als er ihre vielen Gespräche jetzt Revue passieren ließ, merkte er, dass er recht gehabt hatte, und frohlockte. Natürlich hätte er sich an dergleichen erinnert, das hätte jeder Mann.

Weit unten bog ein Auto in den breiten Vorhof von The Zodiac ein, allem Anschein nach ein Rover, ein diskreter Grünton. Es würde nicht mehr allzu lange dauern, bis auch sie einen Rover besäßen, selbst wenn man davon ausging, dass die Kinder, auf die sie hofften, sich jeden Augenblick einstellen mochten. Edwin hatte nichts dagegen einzuwenden gehabt, dass Deborah nach der Heirat weiterarbeitete, aber wenn sie das, sobald Kinder zur Welt kamen, nicht länger konnte, würde das Familienleben natürlich in viel geordneteren Bahnen verlaufen. Schließlich würden sie in ein Haus mit Garten ziehen müssen, denn es war nur natürlich, dass Deborah diesen Wunsch hegte, und nichts lag ihm ferner, als ihr zu widersprechen.

»Und noch etwas«, sagte er und bewegte sich vom Fenster zu der geöffneten Küchentür, »wie kommt es, dass du in all den Jahren, seit ich dich kenne, nie ein solches Treffen gehabt hast? Wenn das eine jährliche Angelegenheit ist –«

»Es ist keine jährliche Angelegenheit, Edwin. Wir haben seit 1975 kein Picknick mehr gehabt, und davor war das letzte 1971. Ich denke, die kommen nur dann zustande, wenn jemandem danach ist. Es ist doch nur ein kleiner Spaß, Liebling.«

»Du nennst es einen kleinen Spaß, sich mit Teddybären hinzusetzen? Erwachsene Menschen?«

»Ich wünschte, du würdest nicht dauernd von erwachsenen Menschen reden. Ich weiß, dass wir erwachsen sind. Darum geht es doch. Als wir noch klein waren, haben wir uns alle gelobt –«

»Mein Gott!«

Er wandte sich ab und schenkte sich ein weiteres Glas ein. Sie hatte es deswegen nie erwähnt, weil sie wusste, wie albern es war. Sie schämte sich; wie beschämend es wirklich war, würde sie herausfinden, wenn sie etwas erwachsener wäre.

»Du weißt doch, dass ich Binky habe«, sagte sie, folgte ihm zur Hausbar und goss sich etwas Gin ein. »Hunderte von Malen habe ich dir gesagt, dass ich ihn überallhin mitnehme. Wenn du ihn nicht im Schlafzimmer haben willst, tue ich ihn eben woandershin. Ich wusste nicht, dass du ihn nicht leiden kannst.«

»Das habe ich nicht gesagt, Deborah. Was du da sagst, ist etwas ganz anderes. Zunächst einmal ist es etwas rein Privates. Ich meine, er ist dein Teddybär, und du hast mir gesagt, wie gern du ihn hast. Das ist etwas ganz anderes, als sich mit einem Haufen Idioten zusammenzusetzen –«

»Es sind keine Idioten, Edwin, wirklich nicht.«

»Es hört sich aber ganz danach an. Willst du etwa sagen, Jeremy und Peter kommen mit Teddybären im Arm, setzen sich ins Gras und tun so, als würden sie sie mit Kekskrümeln füttern? Himmel noch mal, Jeremy ist *Arzt*!«

»Niemand sitzt im Gras, denn das Gras dürfte zu feucht sein. Letztes Mal hat jeder eine Decke mitgebracht. In Wahrheit geht es um den Garten, weißt du? Wahrscheinlich ist es der schönste Garten in ganz South Buckinghamshire, und dann sind da auch noch die Ainley-Foxletons. Ich meine, die sind ganz verrückt danach.«

Tatsächlich hatte er sich schon einmal in dem Garten aufgehalten, und tatsächlich war er den Ainley-Foxletons schon einmal begegnet. Eines Samstagnachmittags während seiner Verlobungszeit mit Deborah war auf dem erhöhten Rasenstück Tee serviert worden. Der Goldlack und der Ginster hatten geblüht, weit und breit ein dichtes Gelb. Ganz angenehme Leute, die alten Ainley-Foxletons, aber keiner von beiden hatte ein Teddybärenpicknick erwähnt.

»Ich glaube, sie auf alle Fälle«, beharrte Deborah milde. »Ich weiß es noch, weil ich sagte, eigentlich sei es gar nicht so lange her seit dem letzten Mal – war es vor etwa achtzehn Monaten, dass ich dich zu ihnen mitgenommen habe? Nun ja, jedenfalls war seit 1975 noch nicht so viel Zeit vergangen, und sie sagte, ihr komme es vor wie Äonen. Ich erinnere mich, dass sie das gesagt hat, ich erinnere mich an ›Äonen‹ und wie ich noch dachte, dass es ihr ähnlich sieht, ein Wort zu benutzen, das die Leute längst nicht mehr verwenden.«

»Und du hast nie daran gedacht, mir die berühmte Picknickstelle zu zeigen? Stundenlang sind wir in dem Garten herumspaziert, und doch ist es dir nie in den Sinn gekommen –«

»Wir sind nicht stundenlang herumspaziert. Tut mir leid, dass du dich gelangweilt hast, Edwin.«

»Ich habe nicht gesagt, dass ich mich gelangweilt habe.«

»Ich weiß, die Ainley-Foxletons hören schlecht und sind ziemlich anstrengend, aber du hattest gesagt, dass du sie kennenlernen wolltest –«

»Ich habe nichts dergleichen gesagt. Du hast mir dauernd von diesen Leuten vorgeschwärmt, von ihrem Haus und ihrem Garten, aber ich habe dich ganz sicher nicht darum gebeten, sie kennenzulernen, wo oder wie auch immer. Eigentlich wollte ich an dem Nachmittag lieber Tennis spielen.«

»Das hast du damals nicht gesagt.«

»Natürlich habe ich es nicht gesagt.«

»Siehst du.«

»Ich will dir nur klarmachen, dass wir stundenlang in dem Garten herumspaziert sind, obwohl es begonnen hatte zu regnen. Und nicht ein Mal hast du gesagt: ›Hier hatten wir immer unser berühmtes Teddybärenpicknick.‹«

»Doch, ich glaube schon. Und es ist nicht berühmt. Ich wünschte, du würdest nicht dauernd behaupten, es sei berühmt.«

Deborah schenkte sich einen weiteren Gin ein und gab die gleiche Menge trockenen Wermuts hinzu. Sie fand es unhöflich von Edwin, dass er dauernd im Zimmer herumstapfte, nur weil er einen schlechten Tag hinter sich hatte, dass er selbst trank und sie überging. Wenn er die armen alten Ainley-Foxletons nicht leiden konnte, hätte er es sagen sollen. Wenn er an dem Nachmittag hatte Tennis spielen wollen, hätte er es ebenfalls sagen sollen.

»Nun, wie dem auch sei«, sagte er jetzt, Deborahs Meinung nach eher wichtigtuerisch, »ich habe nicht die geringste Absicht, mich auf irgendeine Weise an diesem Unfug zu beteiligen.«

»Aber alle anderen Ehemänner kommen, und die Ehefrauen auch. Es ist doch nur ein Spaß, Liebling.«

»Ach, hör doch auf, von einem Spaß zu reden. Du hörst dich wie ein ausgemachter Trottel an. Und aus der Küche riecht es angebrannt.«

»Das ist wirklich nicht nett von dir, Edwin. Es gibt keinen Grund, mich einen Trottel zu nennen.«

»Hör zu, ich habe einen äußerst unangenehmen Tag hinter mir –«

»Ach, hör doch auf mit deinem blöden alten Tag.«

Sie trug ihr Glas in die Küche und holte die Koteletts unter dem Grill hervor. Sie waren ziemlich schwarz, und das geschah ihm recht, hatte er sie doch gekränkt. Warum in aller Welt musste er immer so viel Aufhebens machen, warum konnte er nicht wie alle anderen sein? Es war doch nur ein Anlass zum Herumalbern, durfte nicht so ernst genommen werden, ein einziger Sonntagnachmittag, an dem sie ohnehin nichts anderes unternehmen würden. Sie gab eine Handvoll Nudeln in das heiße Öl, dann eine zweite.

Als Edwin gerade Soda in ein weiteres Glas Whisky spritzte, läutete im Wohnzimmer das Telefon. »Ja?«, fragte er, und schon trällerte Angelas Stimme durch die Leitung. Sie sagte, sie wolle Debbie nicht stören, aber soeben sei das Datum festgelegt worden: der 17. Juni. »Ehrlich, Edwin, du wirst dich vor Lachen biegen.«

»Ja, gut, ich richte es ihr aus«, sagte er, so kalt er konnte. Er legte den Hörer auf, ohne Auf Wiedersehen zu sagen. Aus Angela hatte er sich noch nie etwas gemacht, ein herablassendes Geschöpf.

Deborah wusste, dass Angela angerufen hatte, sie musste Edwin das Datum mitgeteilt haben, das sie mit Charlotte und Peter vereinbart hatte. Bei dem ersten, von Jeremy vorgeschlagenen Datum waren die beiden unschlüssig gewesen. Angela hatte versprochen zurückzurufen, um sie von der Entscheidung zu unterrichten, doch als die Chalms sich zu ihren Koteletts, Brokkoliröschen und Nudeln an den Tisch setzten, hatte Edwin die Information noch immer nicht weitergegeben.

»Mein Gott, was soll denn das sein?«, fragte er und stocherte mit der Gabel an einer braunen Nudel, dann an dem verbrannten Kotelett herum.

»Die dünnen Dinger sind die gebratenen Nudeln, die du neulich so lecker fandest. Das größere Ding ist ein Schweinekotelett, das nicht so verbrutzelt aussähe, wenn du nicht einen Streit vom Zaun gebrochen hättest!«

»Um Himmels willen!«

Er rückte seinen Stuhl ab und stand auf. Er kehrte ins Wohnzimmer zurück, und Deborah hörte das Spritzgeräusch des Sodasiphons. Sie erhob sich ebenfalls, folgte ihm ins Wohnzimmer und schenkte sich einen weiteren Gin mit Wermut ein. Keiner von beiden sprach. Deborah ging wieder in die Küche und aß ihre Portion Brokkoliröschen auf. Aus dem Wohnzimmer drang der Ton des Fernsehgeräts. »Hör zu, Freundchen, du gibst den Zaster dem Killer, in Ordnung?«, forderte eine Stimme. »Okay, ich geb ihm den Zaster«, erwiderte eine zweite Stimme.

Sie hatten sich auch früher schon gestritten. Sie hatten sich aus keinem ersichtlichen Grund auf ihrer Hochzeitsreise in Griechenland gestritten. Sie hatten sich gestritten, als sie einmal die Zündung angelassen hatte und die Autobatterie sich leerte. Sie hatten sich wegen Enids langweiliger Party kurz vor Weihnachten gestritten. Deborah wusste, dass der jetzige Streit auch nichts anderes war: Edwin würde schmollend sitzen bleiben, sie würde das Geschirr abwaschen und sich elend fühlen, und vermutlich würde er das Kotelett und den Brokkoli essen, wenn beides kalt geworden war. Sie konnte ihm keinen Vorwurf daraus machen, dass er keine Lust auf die Nudeln verspürte, denn offenbar hatte sie sie nicht richtig zubereitet. Dann dachte sie: Was, wenn er nicht zum Picknick mitkommt, was, wenn er störrisch bleibt, was er sehr gut konnte, wenn er wollte? Alle würden Bescheid wissen. »Wo ist Edwin?«, würden sie fragen, und sie würde ihnen etwas vorlügen, und jeder würde die Lüge durchschauen, und jeder würde wissen, dass sie nicht miteinander auskamen. Nur sechs Monate sind vergangen, würde jeder sagen, und er kann sich nicht einmal an einem kleinen Spaß beteiligen.

Aber zu Deborahs Erleichterung kam es nicht dazu. Später am Abend aß Edwin das kalte Schweinekotelett, und zwar mit den Fingern, weil es ihm nicht gelang, es mit der Gabel aufzuspießen. Auch den kalten Brokkoli aß er, nur die Nudeln rührte er nicht an. Sie machte ihm Tee und setzte ihm ein Hefestückchen vor, und am Morgen entschuldigte er sich.

»Wenn wir dürfen, das wäre wunderbar«, sagte Deborah am Telefon in ihrem Büro. Sie hatte ihrer Mutter erzählt, es würde wieder ein Teddybärenpicknick geben, vor allem Angela und Jeremy hätten sich darum gekümmert. Und die Ainley-Foxletons seien natürlich ganz versessen darauf, womöglich das letzte Picknick, das sie miterleben würden.

»Meine Liebe, ihr seid immer willkommen, das weißt du doch.« Die Stimme von Deborahs Mutter kam von weit her, aus South Buckinghamshire, aus dem Dorf, wo sich Haus und Garten der Ainley-Foxletons befanden und wo Deborah und Angela, Jeremy, Charlotte, Harriet, Enid, Peter und Holly zusammen ihre Kindheit verbracht hatten. Der Plan sah vor, dass Edwin und Deborah das Wochenende des 17. Juni bei Deborahs Eltern verbringen sollten, und Deborahs Mutter hatte sogar versprochen, für Edwin am Samstag einen Tennistermin zu organisieren. Deborah selbst war keine gute Tennisspielerin.

»Danke, Mummy«, konnte sie eben noch sagen, als Mr Harridance von seiner Mittagspause kam.

»Nein, wir verbringen das ganze Wochenende dort«, informierte Edwin seine Mutter. »Da ist doch noch diese Teddybärensache, zu der Deborah muss.«

»Was für eine Teddybärensache?«

Edwin beschrieb es ihr näher und erklärte, dass die Kinder, die vor nahezu zwanzig Jahren in einem Dorf in South Buckinghamshire miteinander befreundet gewesen waren, sich von Zeit zu Zeit trafen, um ein Teddybärenpicknick abzuhalten, denn so hatten sie sich damals die Zeit vertrieben.

»Aber jetzt sind sie doch längst erwachsen«, führte Mrs Chalm aus.

»Ja, ich weiß.«

»Nun, ich hoffe, ihr werdet euch gut unterhalten, mein Lieber.«

»Köstlich, da bin ich mir sicher.«

»Seltsam, man sollte doch meinen, sie seien erwachsen.«

Untereinander sprachen Edwin und Deborah nicht mehr von dem Teddybärenpicknick. Während des Streits war Edwin verwirrt gewesen, er wusste nie so recht, wie er sich verhalten sollte, und hoffte, die Lage bei einem künftigen Anlass besser zu meistern. Es ärgerte ihn, wenn er einer Situation nicht gewachsen war, und der Ärger hing ihm noch nach. Andererseits waren sechs Monate in einer Ehe, von der er hoffte, dass sie ewig dauern würde, nicht lange: Die Ehe hatte eben noch keine Chance gehabt, die ihr angemessene Gestalt anzunehmen, so wie er und Deborah noch keine Zeit gehabt hatten, hinsichtlich des Mobiliars und der Innenausstattung einen eigenen Geschmack zu entwickeln. Dass es Schwierigkeiten und Ungewissheit gab, war nur zu erwarten.

Was Deborah betraf, so wusste sie nichts davon, dass Ehen eine Gestalt annehmen mussten: Sie war sich nicht darüber im Klaren, dass, wenn der erste Glanz verflogen war, Regeln und stillschweigende Abmachungen, Abkommen über Geben und Nehmen eine Ehe erst ermöglichten. Für Deborah war die Ehe die Fortsetzung einer Liebesaffäre, und bislang hatte sie wenig Grund zur Klage. Sie wusste natürlich, dass Streit unvermeidlich war.

Sie hatten sich bei einer Party kennengelernt. Edwin hatte sich aus einer Gruppe von Menschen gelöst, denen er zugehört hatte, und war auf die Ecke zugetreten, in der ein Computerspezialist sie langweilte. »Hallo«, hatte Edwin schlicht gesagt. Alle drei hatten Teller mit Paella in der Hand.

Da Deborah Betrachtungen über die Vergangenheit angenehmer fand als Spekulationen über die Zukunft, rief sie sich jenen Moment oft ins Gedächtnis zurück: Edwins markantes Gesicht, das sie anlächelte, der verwirrte Computerfachmann, der säuerliche Geschmack der Paella. »Sie sind doch nicht etwa Fionas Schwester?«, hatte Edwin gefragt, und als sie ihn lange Zeit danach ausfragte, wer Fiona sei, gestand er, dass er sich diese ausgedacht hatte. »Von dem Zeug würde ich nichts mehr essen«, sagte er und nahm ihr die Paella weg. Das hatte Deborah beeindruckt: Sie und der Computermann hatten lustlos mit ihren Gabeln in der Paella herumgestochert, beide zu höflich, um zu sagen, dass irgendetwas daran nicht stimmte. »Was machen Sie?«, fragte Edwin einige Minuten später, und das war mehr, als der Computermann gefragt hatte.

In den darauffolgenden Wochen hatten sie einander alles von sich erzählt, von ihren Eltern und den Häusern, in denen sie als Kinder gewohnt, den Schulen, die sie besucht, den Freunden, die sie gewonnen hatten. Edwin war ein Draufgänger, erfolgreich, und er nahm die Dinge gern in die Hand. Ohne irgendwie überheblich zu klingen, erzählte er ihr von Episoden aus seiner Kindheit, von den Schülerstreichen, die er gespielt hatte. Einmal hatte er das Bett des ältlichen Musiklehrers auseinandergeschraubt, sodass es zusammenbrach, als dieser sich später darauflegte. Aus dem Auto eines anderen Lehrers hatte er den Vergaser ausgebaut, in einer Eisenwarenhandlung einen Schneebesen entwendet. All das waren Mutproben, und gegen Ende seiner Schulzeit hatte er sich den Ruf erworben, furchtlos zu sein: Es gebe nichts, was er nicht wagte, hieß es.

Für Deborah war es ein Leichtes, ihn zu lieben, und alles, was er ihr mit einem gehörigen Schuss Selbstironie erzählte, entsprach eindeutig der Wahrheit. Doch eine verliebte Deborah fragte sich natürlich nicht, wie diese Seite von Edwins Charakter sich in der Ehe ausnehmen oder wie sie sich entwickeln würde, wenn Edwin erst einmal in ein gesetzteres Alter kam. Sie konnte sich nichts Schöneres ausmalen, als ihn jeden Tag dazuhaben, und von ihrer Hochzeitsreise in Griechenland oder von den zwei, drei vergeblichen Anläufen bei der Wohnungssuche, ehe sie endlich in der Nr. 23 The Zodiac landeten, war sie keineswegs enttäuscht. Edwin ging täglich in sein Büro, Deborah in ihres. Dass er ihr mehr von den Aktienpreisen erzählte als sie ihm von den Briefen, die sie für Mr Harridance tippte, lag daran, dass Aktienpreise von größerer Wichtigkeit waren. Gewiss, hin und wieder wäre sie gern mehr Einzelheiten über dieses oder jenes losgeworden, zum Beispiel über die Handelskorrespondenz mit Flitts, Hay & Co., bei der es um nahezu achtzehntausend fehlerhafte Stuhlrollen ging. Diese Korrespondenz war interessant, weil sie sich über zwei Jahre erstreckte und in Schmähungen ausartete. Doch als sie das Thema ansprach, hatte Edwin nur liebenswürdig genickt. Und da war die Sache mit Miss Royals Kratzern gewesen, über die jeder im Büro seine eigenen Vermutungen anstellte: Wie in aller Welt hatte sich eine Frau wie Miss Royal zwischen halb sechs an einem Montagabend und halb zehn am folgenden Morgen vier lange Kratzer an Gesicht und Hals zugezogen? »Ach ja?«, hatte Edwin gesagt und war dazu übergegangen, vom Mercantile Investment Fund zu reden.

Deborah wusste diese verräterischen Anzeichen nicht zu deuten. Sie erinnerte sich nicht daran, dass Edwin, als sie zum ersten Mal Einzelheiten über ihre Kindheit austauschten, mitunter nur gelächelt hatte, als schweiften seine Gedanken ab. Dass er von Flitts, Hay & Co. oder von Miss Royals Kratzern nichts hören wollte, war nur eine leise Enttäuschung: Niemand würde sich wegen solcher Belanglosigkeiten aufregen. Dem albernen Streit über das Teddybärenpicknick, das natürlich an sich schon albern war, maß Deborah nur wenig Bedeutung bei. Sie begriff nicht, dass der Streit mit Freunden zu tun hatte, die ihre Freunde waren und nicht Edwins; ebenso wenig war ihr bewusst, dass es Edwin gewesen war, der die Entscheidungen traf, als sie sich ernstlich Gedanken über die Inneneinrichtung von Nr. 23 The Zodiac zu machen begannen. Sie hatten viel gemeinsam, hätte Deborah gesagt: Schließlich würden sie nun trotz des Streits zum Teddybärenpicknick fahren. Edwin liebte sie, er war gütig und überhaupt ziemlich wunderbar. Ganz allein ihr zuliebe hatte er eingewilligt, ein ganzes Wochenende dranzugeben.

So fühlte sich Deborah rundum glücklich, als sie an einem warmen Freitagnachmittag in ihrem Saab von London losfuhren. Sie hörte zu, als Edwin von dem Riesengewinn erzählte, den ein Mann namens Dupree beim Verkauf seines Aktienanteils an der International Asphalt eingestrichen hatte. »James James Morrison Morrison Weatherby George Dupree«, sagte sie.

»Was in aller Welt ist das?«

»Das ist von A. A. Milne, dem Mann, der über Pu den Bären geschrieben hat. Armer Pu!«

Edwin sagte nichts.

»Jeremy wird Pu genannt.«

»Verstehe.«

Auf dem Autorücksitz, in eine Ecke gelehnt, saß der blaue Teddybär namens Binky, den Deborah hatte, seit sie ein Jahr alt war.

Der Rhododendron im Garten der Ainley-Foxletons stand in voller Blüte, wegen des strengen Winters dieses Jahr später als sonst. Ebenso der Goldlack, an den Edwin sich noch erinnern konnte, der Ginster und mehrere gelbe Azaleen. »Mein Lieber, wir freuen uns riesig«, sagte die alte Mrs Ainley-Foxleton und küsste ihn, da sie ihn für eines der Kinder aus ihrer Vergangenheit hielt. Ihr Mann, der da über das erhöhte Rasenstück wackelte und an den sich Edwin noch von seinem letzten Besuch erinnerte, hatte mittlerweile den Tatterich. »Ihr Lieben, Mrs Bright hat unser Tischtuch für uns gebügelt!«, verkündete Mrs Ainley-Foxleton mit schwungvoller Gebärde.

Sie teilte diesen Sachverhalt mit, weil Mrs Bright, die Reinemachfrau der Ainley-Foxletons, in diesem Augenblick mit dem gebügelten Tischtuch über dem Arm aus dem Haus trat. Sie trug ein Tablett, auf dem sich Karaffen mit Orangen- und Zitronensaft, ein Krug Milch, Becher mit Beatrix-Potter-Figuren und zwei Teller Sandwiches, nicht viel größer als eine Briefmarke, befanden. Sie stieg die Steintreppe von dem erhöhten Rasenstück hinab, überquerte eine ausgedehntere Rasenfläche und verschwand in einem Gebüsch. Während alle ihr Geplauder mit den Ainley-Foxletons fortsetzten – niemand half dabei, das Picknick auszubreiten, da dies noch nie dazugehört hatte –, tauchte Mrs Bright wieder aus dem Gebüsch auf, ging zurück ins Haus und trat daraufhin einen zweiten Gang an, diesmal war ihr Tablett mit Kuchen und Keksen beladen.

Vor dem Mittagessen hatte Edwin lange Zeit mit Deborahs Vater in der Gartenlaube gesessen und getrunken. An Sonntagvormittagen genoss es Deborahs Vater, sich ein gewisses Maß an schläfriger Trunkenheit zu gestatten, die sich erst dann bemerkbar machte, wenn beim Mittagessen zwei Flaschen Bordeaux geleert worden waren. Heute tat Edwin es ihm nach, zweimal war er aufgestanden, um ihrer beider Gläser nachzufüllen, und während des Mittagessens war es ihm gelungen, sich in die Gartenlaube zu stehlen, wo er einen großzügig bemessenen Schluck Whisky zu sich nahm, der recht hübsch zum Bordeaux passte. Er konnte sich keinen anderen Zustand vorstellen, in dem er sich – mit einem Teddybären im Arm, den Deborahs Mutter ihm aufgenötigt hatte – im Garten der Ainley-Foxletons hätte präsentieren können. »Lieber du als ich, alter Knabe«, hatte Deborahs Vater nach dem Essen zu ihm gesagt und sich mit einem Glucksen in einen Sessel sinken lassen. Im letzten Augenblick war Edwin rasch noch einmal in die Gartenlaube zurückgekehrt und hatte sich zu einem weiteren Quantum Whisky verholfen. Da die Gläser bereits eingesammelt worden waren, hatte er aus der Kappe der Teacher's-Flasche getrunken. Er nahm an, dass er wie eine Schnapsbrennerei gerochen haben musste, als Mrs Ainley-Foxleton ihn küsste, und war froh darum.

»Da sind wir also«, sagte Jeremy auf der Lichtung, wo 1957 das erste Picknick stattgefunden hatte. Er saß mit gekreuzten Beinen auf einer karierten Decke an einem Kopfende des Tischtuchs. Er trug eine Brille und war untersetzt.

Peter, der am anderen Ende des Tischtuchs saß, schien in den dazwischenliegenden Jahren nicht übermäßig gewachsen zu sein, Angela dagegen war aufgeschossen wie eine Stockrose, mit der sie auch sonst Ähnlichkeit hatte. Enid war plump, Charlotte fast eine Schönheit; Harriet hatte vorstehende Zähne, Holly war lebhaft. Jeremys Frau, Peters Frau und Charlottes Mann – der bei Shell arbeitete – gaben sich der Stimmung des Anlasses hin. Ebenso Angelas Mann, der aus der Tschechoslowakei stammte und die Vorgänge bizarr finden musste: dass jeder mit einem Teddybären dasaß, der einen Namen trug. Angela trat zu Mrs Ainley-Foxletons altem aufziehbarem Grammofon und legte eine Platte auf. *Oh, don't go down to the woods today,* kreischte eine Stimme, *without consulting me.* Mr und Mrs Ainley-Foxleton wollten später dazustoßen, wie es der Tradition entsprach. Anscheinend kamen sie mit Pralinen und mit Butterblumensträußchen für die Teddybären.

»Danke, Edwin«, flüsterte Deborah, während Musik und Gesang andauerten. Sie wollte, dass er sich an den Streit erinnerte, den sie wegen des Picknicks gehabt hatten; sie wollte ihn wissen lassen, dass sie ihm jetzt wahrhaftig verzieh und es zu schätzen wusste, dass er am Ende doch noch eingesehen hatte, wie viel Spaß sie hatten.

»Hör mal, ich muss aufs Klo«, sagte Edwin. »Entschuldige mich einen Moment.« Bis auf Deborah schien niemand zu bemerken, dass er davonschlenderte, denn jeder unterhielt sich angeregt und tauschte Neuigkeiten aus.

Der Ärger, der sich nach dem Streit auf Edwin gelegt hatte, war nie verraucht. Voller Ärger hatte er seine Mutter angerufen, und als sie sagte, sie hoffe, er werde sich gut unterhalten, hatte ihn abermals Ärger übermannt. Damit hatte sie gemeint: Hab ich's dir nicht gesagt? Heirate ein hübsches kleines Ding, und ehe du dich's versiehst, setzt du dich mit Teddybären zum Tee. Du bist ein Narr, dass du dir solch einen Unfug gefallen lässt, war, was Deborahs Vater gemeint hatte, als er sagte: Lieber du als ich.

Edwin mangelte es nicht an Grips, und er war sich dessen stets bewusst gewesen. Es war seine Klugheit, die sich noch immer gekränkt fühlte von dem, was er für eine Peinlichkeit hielt, für eine scheußliche Rührseligkeit im Garten eines ältlichen Paares. In der Schule hatte er alles verabscheut, was mit Kostümierung zu tun hatte, ja selbst wenn er Gedichte aufsagen musste, war er verlegen gewesen. Edwin bewunderte Solidität: Ihm gefielen Westminster und die Londoner City, ihm gefielen störungsfrei verkehrende Züge, Anzüge und reine Hemden. Als er Deborah geheiratet hatte, wusste er – ohne dass seine Mutter es ihm eigens sagen musste –, dass sie keine sehr kluge Person war, doch Edwins Ansicht nach war eine kluge Frau keine Notwendigkeit. Er hatte eine Zukunft vor sich gesehen, in der Kinder zur Welt kamen und erzogen wurden, in der Deborah mancherlei Kochkünste und hausfrauliches Geschick entfaltete, in der sie zusammen gepflegte Tischgesellschaften gaben. Stattdessen, nach nur sechs Monaten, dieser groteske Unsinn. Edwin hatte nicht die Angewohnheit, sich zu betrinken: Er trank, wenn er sich ärgerte, wie er es am Abend des Streits getan hatte.

Mr Ainley-Foxleton tippelte an seinem Gehstock auf dem erhöhten Rasenstück umher, doch Edwin nahm keine Notiz von ihm. Der alte Mann schien etwas zu suchen, er hatte den Kopf, der auf seinem dürren Hals ruhte, nach unten gesenkt und suchte mit bebrillten Augen das Gras ab. Edwin trat ins Haus. Hinter einer geschlossenen Tür hörte er die Stimmen von Mrs Ainley-Foxleton und Mrs Bright, die sich über Butterblumen unterhielten. Er öffnete eine andere Tür und betrat das Speisezimmer der Ainley-Foxletons. Auf der Anrichte stand eine Reihe von Karaffen.

Edwin stellte fest, dass es nicht leicht war, aus einer Karaffe zu trinken, dennoch gelang es ihm. Wieder stieg Ärger in ihm hoch. Es schien unglaublich, dass er ein Mädchen geheiratet hatte, das nicht richtig erwachsen war. Keiner von ihnen war erwachsen geworden, keiner von ihnen hatte auch nur den Wunsch, der Erwachsenenwelt anzugehören, nicht einmal die Ehemänner und Ehefrauen, die nicht von Anfang an in die Geschichte verwickelt gewesen waren. Wenn Deborah ihm an jenem Sonntagnachmittag, als sie diesem Haus einen Besuch abstatteten, auch nur das Geringste davon erzählt hätte – ob er sie wohl je geheiratet hätte?

Doch während er, für den Fall, dass jemand hereinkam, den Stöpsel zwischen jedem Schluck wieder in die Karaffe drückte, fand Edwin es schier unmöglich, zuzugeben, dass er einen Fehler begangen hatte, als er Deborah heiratete: Er liebte sie, hatte noch nie eine andere geliebt und bezweifelte, ob er in Zukunft je eine andere lieben würde. In müßigen Augenblicken im Büro, zwischen dem Kauf und Verkauf von Aktien, musste er oft an sie denken, stellte sie sich in verschiedenen Kleidern vor und manchmal ohne alle Kleider. Wenn er nach Hause kam, Nr. 23 The Zodiac, legte er manchmal den Arm um sie und ließ sie erst wieder los, wenn er sie sanft auf ihr Ehebett gelegt hatte. Deborah hielt die allergrößten Stücke auf ihn – das hatte sie ihm oft genug versichert.

Trotz alledem war es äußerst verdrießlich, dass der Streit ihm das Gefühl gab, er sei der Situation nicht gewachsen. Er hätte imstande sein sollen, derartigem Unfug binnen weniger Minuten ein Ende zu bereiten; er verdiente die höhnische Bemerkung seiner Mutter, und die seines Schwiegervaters nicht minder. Obwohl sie erst seit sechs Monaten verheiratet waren, war es lächerlich, dass er Deborah, nur weil sie ihn so liebte, nicht klarmachen konnte, wie töricht sie sich aufführte. Es war lächerlich, betrunken hier herumzustehen.

Das Speisezimmer der Ainley-Foxletons, voll Silber, polierter Möbelstücke und trüber Ölgemälde, verschwamm ihm vor den Augen. Die Reihe Karaffen verdoppelte sich zu zweien und wurde wieder eine. Der mit schweren Teppichen belegte Fußboden neigte sich unter ihm, schien sich nach links zu senken und dann wieder nach rechts. Deborah hatte ihn im Stich gelassen. Sie hatte ihn hierher gebracht, damit er Angela und Jeremy und Charlotte, Harriet, Holly, Enid, Peter und den Ehemännern und Ehefrauen vorgeführt werden konnte. Sie zeigte damit, dass sie nur ihren kleinen Finger zu heben brauchte, dass seine Klugheit, verglichen mit seiner Liebe zu ihr, nichts war. Jetzt hämmerte der Ärger so stark auf ihn ein, dass es beinahe schmerzte. Er wollte fortgehen, wollte mit dem Saab nach London zurückfahren und, wenn Deborah ihm folgte, ganz kategorisch erklären: Falls sie die Absicht habe, die Närrin zu spielen, werde es zur Scheidung kommen. Bei all seinem Ärger bestand jedoch etwas in ihm darauf, dass eine solche Vorgehensweise ein Eingeständnis von Versagen und Niederlage wäre. Es war lächerlich, dass eine freiwillig eingegangene Ehe nur einer Dummheit wegen enden sollte, noch bevor sie recht begonnen hatte.

Edwin nahm einen letzten Schluck Whisky zu sich und drückte den Glasstöpsel fest. Er erinnerte sich an einen anderen gesellschaftlichen Anlass vor Jahren, und ihm fielen gewisse Ähnlichkeiten mit diesem auf. Jemand hatte eine Gartenparty zugunsten irgendeiner von seiner Mutter unterstützten Wohltätigkeitseinrichtung veranstaltet, zu der er, sein Bruder, seine Schwester und sein Vater mitgeschleppt wurden. Es war ein quälend langweiliger Nachmittag gewesen, mitten in einer Hitzewelle. Er hatte seinen verhassten Schlapphut aus Baumwolle tragen müssen und einen schrecklichen gelbbraunen Sommeranzug, ebenfalls aus Baumwolle. Stundenlang hatte er herumstehen müssen, während seine Mutter sich mit Leuten unterhielt. Manchmal erklärte sie ihnen betont langsam Kochrezepte, die sie sich notierten. Edwins Geschwistern schien es nichts auszumachen; sein Vater tat wie geheißen. Deshalb war Edwin davongeschlendert, in ein Haus, das größer und ansehnlicher war als das der Ainley-Foxletons. Er hatte in den Zimmern des Erdgeschosses herumgeschnüffelt, von einer Konfitüre genascht, die er in der Küche fand, und war dann nach oben gegangen, zu den Schlafzimmern. Auch dort hatte er eine Weile herumgestöbert, hatte Schubladen aufgezogen und Schränke geöffnet, anschließend war er eine Treppe ohne Teppichboden hinaufgestiegen, die zu einer Dachkammer führte. Von dort war er aufs Dach geklettert. Edwin hatte den Vorfall schon fast vergessen, jedenfalls nie lange bei ihm verweilt, doch jetzt meldete er sich mit einer Deutlichkeit zurück, die ihn überraschte.

Er verließ das Speisezimmer. In der Diele konnte er noch immer die Stimmen von Mrs Ainley-Foxleton und Mrs Bright hören. Damals hatte sich niemand um ihn gekümmert; seine Mutter, deren Liebling er stets gewesen war, war sogar ungeduldig geworden, als er sagte, er habe Zahnweh. Niemand hatte bemerkt, dass er sich davongeschlichen hatte. Doch von der Dachbrüstung aus hatte sich alles ganz anders ausgenommen. Die Gesichter der Leute waren blass, gleichförmige Pünktchen, die alle zu ihm heraufstarrten. Die Farben der Damenkleider vermischten sich mit denen der Blumen. Alles wedelte hektisch mit den Armen; jemand rief und befahl ihm, herunterzukommen.

Auf dem erhöhten Rasenstück erforschte der alte Mann noch immer das Gras, er hielt noch immer den Kopf gesenkt und stocherte mit seinem Gehstock im Boden herum. Von der Lichtung, wo das Picknick stattfand, drang kurzer Applaus herüber, als habe soeben jemand eine Rede beendet. ... *today's the day the teddy-bears have their picnic,* sang die kreischende Stimme undeutlich.

Eine Brise hatte Edwins sonnenverbrannte Arme gekühlt, als er die Brüstung entlangkroch. Er hatte geahnt, dass seine Mutter erst jetzt merkte, dass es sich um ihn handelte, und er hatte gesehen, dass seine Geschwister weinten. Er hatte gesehen, wie sein Vater aus dem Auto herbeigerufen wurde, wo er gedöst hatte. Edwin hielt die Arme ausgestreckt und balancierte wie ein Drahtseilakrobat. Für alle Langeweile, die lästige Sonne, Hut und Anzug aus Baumwolle war er ohne Weiteres entschädigt worden. Binnen Minuten war der Tag zu seinem geworden.

»Na, jedenfalls das richtige Wetter«, sagte Edwin zu dem alten Mann.

»Wie?«

»Angenehmes Wetter«, rief er. »Ein schöner Tag.«

»Der Rasen ist voller Pilze, wissen Sie. Es wimmelt nur so davon.« Mr Ainley-Foxleton untersuchte die kleinen schwarzen Flecken mit seinem Gehstock. »Gar nicht gewusst, dass es hier Pilze gibt«, sagte er.

Sie standen dicht an der Rasenkante. Unter ihnen befand sich der Steingarten voller Ehrenpreis, Grasnelken und Seifenkraut. Der Steingarten war in einem Halbkreis angelegt, um eine Sonnenuhr herum.

»Das hier sieht mir auch ganz nach Pilzen aus«, sagte Edwin und zeigte auf die größere Rasenfläche, die sich hinter dem Steingarten erstreckte.

»Wie?« Der alte Mann spähte über die Kante, wusste aber nicht, wonach er Ausschau halten musste, da er nicht richtig verstanden hatte. »Wie?«, sagte er ein zweites Mal, und Edwin versetzte ihm mit dem Ellbogen einen Stoß. Der Gehstock flog in hohem Bogen davon, und der alte Mann schlug mit dem Kopf auf der Sonnenuhr auf. Es gab einen scharfen, lauten Knacks. *Oh, don't go down to the woods today,* hob die Stimme erneut an und erscholl durch den Sonnenschein über den duftenden Garten hinweg. Edwin musterte rasch die Fenster des Hauses, für den Fall, dass sich in einem von ihnen ein Gesicht zeigte. Nicht dass es darauf ankam; aus der Entfernung konnte niemand einen so leichten Stoß mit dem Ellbogen erkennen.

Sie aßen Sandwiches mit Banane und Sandwiches mit Ei, Kekse mit Zuckerguss, Schokoladentorte und Kaffeekuchen. Die Schnauzen der Bären wurden in Beatrix-Potter-Becher getunkt und jeder Teddybär mit Namen angeredet. Edwins hieß Tomkin.

»Wisst ihr noch, der Tag mit dem Gewitter?«, fragte Enid und verzog das Gesicht, wie sie es immer tat – eigentlich fast schon ein Tick, dachte Edwin. Der Tag, an dem er die Brüstung entlanggelaufen war – vielleicht war das ja sogar der Tag mit dem Gewitter gewesen, und er musste lächeln, weil er den Gedanken amüsant fand. Auch Angela lächelte, ebenso Jeremy und Enid, Charlotte, Harriet und Holly, Peter und die Ehemänner und Ehefrauen. Besonders Deborah lächelte. Als Edwin von Gesicht zu Gesicht blickte, fühlte er sich an die Gesichter erinnert, die von weit unten zu ihm heraufgestarrt hatten, nur dass sie damals angstverzerrt waren statt lächelnd.

»Wisst ihr noch, das mit dem Sirup?«, fragte Angela. »Danach musste der arme Algernon ein ganz grässliches Bad nehmen.«

»War das nicht Horatio?«, fragte Deborah.

»Ja, das war Horatio«, bestätigte Enid und balancierte Horatio lustig auf ihrer Schulter.

Today's the day the teddy-bears have their picnic, sangen plötzlich alle und ließen sich von der Stimme aus dem Grammofon leiten. Edwin lächelte und fing sogar selbst zu singen an. Wenn sie zu Deborahs Elternhaus zurückkehrten, wäre die Stimmung gedrückt. »Der arme alte Kerl ist übersehen worden«, würde vermutlich er es übernehmen müssen zu erklären, »wegen des ganzen Theaters.« Und auch in Nr. 23 The Zodiac wäre die Stimmung gedrückt. »Ich glaube, du solltest ihn loswerden«, würde er vorschlagen und argumentieren, dass der blaue Teddybär sie für immer daran erinnern würde. Deborah, aufgrund des Geschehens ein kleines bisschen erwachsener geworden, würde sich natürlich einverstanden erklären. Wie alles andere auch musste eine Ehe die ihr angemessene Gestalt annehmen.

Charlotte erzählte die Geschichte eines Abenteuers, das ihr Mikey gehabt hatte, als sie ihn mit ins Internat nahm, wie ein abstoßendes Mädchen names Agnes Thorpe ihn mit einem Fleischspieß durchbohrt hatte. Holly erzählte, wie sie ihren Percival vor dem Ertrinken retten musste, als er aus einem Motorboot gefallen war. Jeremy zog das Grammofon auf, und das Geschnatter nahm seinen fröhlichen Fortgang, wobei die Ehemänner und Ehefrauen ebenso entzückt schienen wie alle anderen auch. Harriet erzählte, dass sie eigentlich Peter hatte heiraten wollen, und Peter erzählte, wie entschlossen er gewesen sei, Deborah zu heiraten. *Oh, don't go down to the woods today,* hob die Stimme erneut an, und dann ertönte Mrs Ainley-Foxletons Aufschrei.

Alle stürzten davon und ließen die Teddybären einfach liegen und das Grammofon weiterplärren. Edwin war der Erste, der sich über die gespreizt daliegende Gestalt des alten Mannes beugte. Er erklärte Mr Ainley-Foxleton für tot, dann nahm er die Sache in die Hand.

DIE HANDTASCHE VON COLETTE NERVI

Die Straßenkreuzung war unter dem Namen Drumgawnie bekannt und wurde auch im Umkreis von Meilen so genannt. Dort stand ein einzelner Laden neben einem rosafarbenen Haus ohne Dach. Es gab eine verlassene Mühle mit großen Getreidespeichern, die nicht mehr benutzt wurden. Drumgawnie Rath, eine prähistorische kreisförmige Anlage aus aufrecht stehenden Steinen, erreichte man nach einer halben Meile über die Felder, auf denen der schrullige Garvey sein Vieh weiden ließ. 1959, für die Leute von Drumgawnie und Umgebung ein x-beliebiges Jahr, begannen sich Besucher für die Steine zu interessieren und hielten mit ihren Autos neben der Mühle und den Getreidespeichern. Gewöhnlich waren es Engländer oder Franzosen, Touristen, die im Frühling oder im Sommer unterwegs waren und immer in dem Laden vorbeischauten, um sich nach dem Weg zu erkundigen. Mrs Mullally, die Ladeninhaberin, hatte überlegt, ob sie ein kleines Schild aufstellen sollte, hatte aber die Idee schließlich fallen lassen, weil sich vielleicht eines Tages ein Besucher in ihrem Geschäft umsehen und etwas kaufen würde. Doch dazu war es nie gekommen.

»Sie müssen den kleinen Bach überqueren«, teilte sie im Frühsommer 1968 einem französischen Pärchen mit. »Gehen Sie da weiter, wo Sie Ihr Auto abgestellt haben, und dann liegen da Steine, auf die Sie treten können, um über den Wasserlauf zu gelangen. Gehen Sie danach weder nach rechts noch nach links, bis Sie auf die im Gras stehenden Steine stoßen.«

In ihrem Schlafzimmer hatte die damals zweiundzwanzigjährige Dolores Mullally den Saum des Spitzenvorhangs angehoben und beobachtete alles vom Fenster aus. Sie hatte gehört, wie das Auto neben der Mühle angehalten hatte, und kurz darauf, als die Besucher sich dem Laden näherten, waren fremdländische Stimmen an ihr Ohr gedrungen. Sie hatte sich aus dem Bett hochgestemmt und war zum Fenster gehumpelt. Die Frau, dünn und mit einem lächelnden, asymmetrischen Gesicht, trug einen schwarzen Ledermantel und sah seltsam und wunderschön zugleich aus. Der Mann hatte einen Schnurrbart und zog an einer schmalen Pfeife.

Dolores stellte sich vor, wie diese Ausländer ihre Mutter nach den aufrecht stehenden Steinen fragten und wie ihre Mutter ihnen mit den immer gleichen Worten alles erzählte. Wenn ihre Mutter nicht da war und Dolores den Weg beschrieb, benutzte sie nie solche Worte wie »um über den Wasserlauf zu gelangen« oder »bis Sie auf die im Gras stehenden Steine stoßen«. All das war die altmodische Ausdrucksweise ihrer Mutter. Dolores sagte bloß, die Besucher müssten an einer Stelle den Bach überqueren und dann immer geradeaus gehen. Ihr Vater, der nicht mehr am Leben war, hatte sie einmal zu den Steinen mitgenommen, und sie hatte sie nicht besonders aufregend gefunden. Aber ein Besucher, der sie einen ganzen Nachmittag lang untersucht hatte und anschließend wieder in den Laden gekommen war, um sich den Weg nach Rossaphin beschreiben zu lassen, hatte behauptet, dass es die ungewöhnlichsten Steine ihrer Art in ganz Europa seien. »Ich schätze, der war betrunken«, hatte Dolores' Mutter gesagt, und ihr Vater war der gleichen Meinung gewesen.

Sobald sie den Laden verließen, fasste der Franzose die Frau zärtlich am Arm, und beide lachten über irgendetwas.

Dolores beobachtete, wie sie links am Straßenrand zu der Mühle und den hoch aufragenden Getreidespeichern gingen. Ihre Eltern hatten gesagt, als die Mühle noch in Betrieb gewesen sei, habe in der Gegend einmal Wohlstand geherrscht. Der Besitzer, ein Mann namens Hackett, der in seinem Garten eine besondere Pflaumensorte gezüchtet hatte, hatte in dem rosa gestrichenen Haus mit dem eingestürzten Dach gewohnt.

Das französische Pärchen stand einen Augenblick lang bei seinem Auto, einem kleinen knallroten Fahrzeug, das sie vermutlich in Dublin gemietet hatten. Bei einer Gruppe von Engländern und einer Amerikanerin war, als sie vor ein paar Jahren von den Steinen zurückgekehrt waren, das Auto nicht mehr angesprungen, und sie hatten vom Laden aus mit der Dan-Ryan-Autovermietung telefoniert. Damals hatte sich Dolores zum ersten Mal klargemacht, dass Besucher aus anderen Ländern sich Autos mieten und damit durch ganz Irland fahren konnten.

Der Franzose nahm die Pfeife aus dem Mund und klopfte sie an seiner Schuhsohle aus. Er schloss eine Tür auf und holte zwei Paar kurze grüne Gummistiefel aus dem Auto, die er und die Frau anzogen. Sie verstauten ihre Schuhe im Auto, und der Mann legte die Arme um seine Begleiterin. Er bog ihr den Kopf zurück, lehnte sich gegen sie und drückte ihr seine Lippen auf den Mund, obwohl Dolores das nicht genau sehen konnte. Er ließ die Frau los, und sie legte ihm sofort ihre Hände mit gespreizten Fingern auf das schwarze Haar und zog sein Gesicht wieder zu sich herunter. Kurz darauf lösten sie sich voneinander und machten sich Hand in Hand, mit über den Pfad ausgestreckten Armen, auf den Weg. Zu beiden Seiten von ihnen wuchsen Nesseln und Ampfer in Hülle und Fülle; überall stand Kreuzkraut. Es war ein sonniger Nachmittag, bauschige kleine Wolken standen reglos am Himmel. Auf dem roten Dach des Autos war etwas, das wie ein Schatten aussah, klein, rechteckig und tiefschwarz: Als Dolores die Augen zusammenkniff, erkannte sie, dass es ein Gegenstand und kein Schatten war. Die beiden hatten ihn aus Unachtsamkeit dort liegen lassen.

Sie ließ den Saum des Vorhangs fallen und humpelte zu ihrem Bett zurück, wo sie *Schüsse im Canyon* von Tom K. Kane gelesen hatte. Sie nahm eine Zigarette aus der Schachtel Afton Major, die offen auf der Tagesdecke aus Chenille lag. Sie zündete sie an und zog daran. Wegen ihres schlimmen Beins legte sie sich fast jeden Nachmittag etwa eine Stunde lang hin, außer wenn die Saatkartoffeln gerade an dem Hang hinterm Haus gesetzt oder später die ausgereiften Kartoffeln geerntet werden mussten. Vor Jahren, als Dolores erst zwölf war, hatte der alte Dr. McDowell gesagt, dass es ihr Linderung verschaffen könne, wenn sie sich nachmittags etwas ausruhe. Das Bein, das infolge von Kinderlähmung bis auf den Knochen zusammengeschrumpelt war, machte den Gebrauch einer Krücke erforderlich, obwohl Dolores, wenn sie das Schlafzimmer oder die Küche durchquerte oder manchmal im Laden herumging, auch ohne sie auskam und von einer Stütze zur nächsten humpelte. *Die Abendsonne färbte den Canyon rot,* las sie. *Der Staub saß Hagan beißend in der Nase und lag ihm schmierig auf den Wangen.* Ihr Vater hatte diese gelben Wildwestromane gekauft, deren saugfähiges Papier eng bedruckt war, der Text auf jeder Seite durch eine senkrechte Linie unterteilt, wie in einer Zeitung. Ihre weichen Einbände waren jetzt zerfleddert, Knitterfalten liefen durch Pferde, Reiter und Revolverdampf, die schlaffen Buchrücken waren verbogen und zerrissen. Ihr Vater war jeden Freitag mit Pferd und Wagen zusammen mit Dolores nach

Rossaphin gefahren und hatte bei Mackies Zeitungskiosk einen Band gekauft. Er hatte die Karotten und das Gemüse, die er an dem Hang anbaute, Steckrüben und Kartoffeln, wenn er welche hatte, oder Pflaumen aus dem vergessenen Garten nebenan mit in die Stadt genommen. Reine Zeitverschwendung, hatte Dolores' Mutter immer behauptet, wegen des geringen Gewinns, den das abgeworfen hatte, und nach Mr Mullallys Tod hatten sie damit aufgehört und das Pferd verkauft. Der Wagen stand immer noch hinten im Hof, und sein ausgebleichtes orange gestrichenes Holz fing langsam an zu faulen. Obwohl ihr Vater schon vor vierzehn Jahren gestorben war, vermisste Dolores noch immer jene wöchentlichen Fahrten und die Aufregung, die sie bei ihr ausgelöst hatten.

Der Laden, in dem alle Leute aus der Gegend einkauften, hielt Mrs Mullally und ihre Tochter am Leben. Der Bus lieferte dort Zeitungen ab, man lagerte Lebensmittel und Süßwaren und unterhielt ein primitives Postamt. Als in Drumgawnie noch größerer Wohlstand geherrscht hatte, hatte Mrs Mullallys Vater den Laden zusammen mit einem Pub gewinnbringend geführt. Dolores' Vater, der einmal in Mr Hacketts Mühle angestellt gewesen war, hatte in den Laden eingeheiratet, nachdem die Mühle zugemacht hatte. Zu seinen Lebzeiten hatte man noch geglaubt, Dolores' Gebrechen würde mit zunehmendem Alter wie durch ein Wunder wieder in Ordnung kommen, aber daraus war nichts geworden. Er war in der Küche im Sessel gestorben, nachdem er mehrere Monate lang über Schmerzen in der Brust geklagt hatte, was Dr McDowell nicht ernst genommen hatte. Dolores erinnerte sich daran, wie er in der Küche gesagt hatte: »Muttergottes, ist das nicht die größte Überraschung in den dreißig Jahren, die ich praktiziere?«, und daran, dass die Leiche schon mit einem Bettlaken zugedeckt war. »McDowell war blau wie ein Veilchen«, hatte ihre Mutter nachher gesagt. »Wenn er einen angehaucht hätte, wäre man glatt ohnmächtig geworden.« Da Dolores diesen Geruch nicht gewohnt war, hatte sie vermutet, dass es sich um so etwas wie das Desinfektionsmittel in Dr. McDowells Haus in Rossaphin handelte.

Hagan glitt aus dem Sattel. Seine Augen waren zu Schlitzen verengt und schätzten die Entfernung ab. »Cassidy!«, rief er. »Hände hoch, Cassidy!« Keine Antwort, nichts regte sich. Im Canyon war nichts zu hören.

Dolores knickte die Seite um, um später zu wissen, wie weit sie gelesen hatte. Sie zündete sich noch eine Afton Major an. Sie hatte keinerlei Schmerzen im Bein; es war bloß der hässliche Anblick, die schwierigen, unansehnlichen Bewegungen, die Krücke, was sie so verabscheute. Im Lauf der Jahre hatte sie sich an all die lästigen Regelungen gewöhnt, die man für sie treffen musste: dass der Schulbus extra an die Kreuzung kam, um sie zum Kloster in Rossaphin zu bringen, dass die Crowleys sonntags vorbeikamen, um sie und ihre Mutter in ihrem Ford zur Messe mitzunehmen. Einmal im Jahr, drei Wochen vor Weihnachten, gingen sie und ihre Mutter in Rossaphin einen Tag einkaufen und wurden auch da von den Crowleys gefahren. Dann gingen sie in Love's Café essen und kamen nicht vor sechs Uhr an die Kreuzung zurück. Ihre Mutter brauchte extra die Genehmigung, um das Postamt zu schließen, was Pater Deane regeln konnte, genauso wie er die Crowleys überredete, so nett zu ihnen zu sein.

Hin und wieder, zwischen einem Dezember und dem nächsten, gelang es Dolores, mit dem Bus nach Rossaphin zu fahren, aber die Rückfahrt musste im Voraus sorgfältig mit einem der Fahrer, die regelmäßig bei dem Laden vorbeikamen, vereinbart werden. Sheedy, der das Brot brachte, kam nicht infrage, weil er morgens vorbeikam, aber der Käselieferant aus Mitchelstown fuhr immer am Spätnachmittag durch Rossaphin und kam dann an die Kreuzung, und Jimmy Reilly, der den Speck brachte, kam auch nachmittags. Wenn sie sich einen speziellen Tag ausgesucht und sich mit einem der Lieferanten verabredet hatte, hatte Dolores gewöhnlich drei Stunden oder etwas länger Zeit. Doch ihrer Mutter gefiel das nicht; sie machte sich Sorgen, dass die Lieferwagenfahrer sie vergessen könnten. Das war zwar noch nie vorgekommen, aber Jimmy Reilly hatte einmal Probleme mit dem Motor gehabt, und Dolores hatte bis fünf Uhr vor der Provincial Bank warten müssen, obwohl sie schon um zwei abgeholt werden sollte. Ein Junge hatte ihr eine Nachricht gebracht, und dann war Pater Deane mit dem Fahrrad gekommen. Er hatte bei der Bank geklingelt, und die Frau des Direktors hatte Dolores auf einem Stuhl in der Halle warten lassen, bis die Crowleys in ihrem Ford eingetroffen waren. Ihrer Mutter waren die Tränen über die Wangen gelaufen, als sie schließlich wieder an der Kreuzung angekommen war, und danach war Dolores nie wieder allein nach Rossaphin gefahren.

Sie drückte ihren Zigarettenstummel in dem Aschenbecher aus, der neben *Schüsse im Canyon* auf der Chenilledecke lag. Der Aschenbecher, ein Geschenk von einem der Lieferanten, war aus Glas und warb in grüner Schrift für 7-Up. Dolores überlegte, dass sie *Schüsse im Canyon* an diesem Abend mühelos zu Ende lesen würde, dass sie sogar noch mit *Gewehre im Apachenland* anfangen könnte. Sie hatte beide schon gelesen, aber nicht in letzter Zeit.

Sie legte die Tagesdecke ordentlich hin und strich sie

glatt. Sie blieb einen Augenblick vor dem Spiegel an ihrer Frisierkommode stehen, um frischen Lippenstift aufzutragen und ihr langes schwarzes Haar zu kämmen. Ihr Gesicht war rund, ihr Kinn hübsch geschwungen. Ihr Vater hatte ihr gesagt, dass ihre Augen wie die eines Hundes aussähen, den er einmal gehabt habe, was als Kompliment gemeint war. Sie waren braun und ernst, als wäre Dolores die ganze Zeit auf Gedanken konzentriert, die sie nicht mit anderen teilen wollte. Aber meistens dachte sie an die Abenteuer in den Wildwestromanen.

»Bist du ausgeruht, mein Schatz?«, erkundigte sich ihre Mutter im Laden. »Du hast doch nicht wieder so viel geraucht?«

»Bloß zwei«, log Dolores.

»Ohne Zigaretten wärst du besser dran, mein Schatz.« Dolores nickte. »Das ist ein gut gekleidetes Pärchen, das da zu den Steinen gegangen ist.«

»Hast du die beiden gesehen? Du solltest doch liegen bleiben, mein Schatz.«

»Ich kümmere mich jetzt um den Laden.«

Ihre Mutter sagte, Mrs Connell habe ihr Brot und Whelan seinen *Independent* noch nicht geholt. »Diese Leute haben gesagt, sie sind Franzosen.«

Sie schnitt ein paar Speckstreifen, während sie sprach, und brachte sie auf der offenen Hand durch den kleinen Lagerraum hinter dem Laden in die Küche. Gleich würde, wie jeden Abend um diese Zeit, der Geruch von Gebratenem durch den Lagerraum ziehen, und bald darauf würde Dolores das Drahtgitter auf dem Postamtstresen hochschieben und die Schublade abschließen, in der die Postanweisungen, die Briefmarken und das Abrechnungsbuch aufbewahrt wurden.

Sie würde den Schlüssel in die Küche mitnehmen, wenn sie schließlich zum Abendbrot gehen würde. Sie würde ihn an einen Haken an der Anrichte hängen, aber der Laden würde offen bleiben, und jeder, der hereinkäme, würde auf den Tresen klopfen, um sich bemerkbar zu machen, weil er wüsste, dass das von ihm erwartet wurde.

»Mademoiselle«, sagte der Franzose und redete immer weiter. Dolores konnte ihn nicht verstehen. Er lächelte nicht mehr, genauso wenig wie seine dünne Begleiterin in ihrem Ledermantel. Sie waren erregt: Der Mann fuchtelte ständig wild mit den Händen herum; die Frau runzelte die Stirn und murmelte auf Französisch etwas vor sich hin. Dolores schüttelte den Kopf. *»Je ne sais pas«*, sagte der Franzose. *»Peut-être ici.«*

Er schaute sich im Laden um. Die Frau schaute sich auch um, auf der Ladentheke, auf dem Postamtstresen, auf den Kartons, die gestern eingetroffen und noch ungeöffnet waren, auf dem Fußboden.

»Ich hab nicht verstanden, was Sie gesagt haben«, erklärte Dolores, aber die Frau sprach weiter französisch.

»Le sac. Le sac noir.«

»Die Handtasche meiner Freundin«, sagte der Mann. »Wir haben verloren die Handtasche.«

»Verloren?«

»Ich habe sie gelegt«, sagte die Frau. »Ich bin sicher, dass ich sie gelegt habe.«

Dolores griff nach ihrer Krücke. Sie hob die Klappe des Tresens hoch und half bei der Suche. Sie rief laut nach ihrer Mutter, und als ihre Mutter kam und sich die Hände an ihrer Schürze abwischte, erklärte Dolores, dass eine Handtasche verloren gegangen und vielleicht im Laden liegen geblieben sei.

»Das wäre mir aufgefallen«, sagte Mrs Mullally rasch.

»*Ah, oui, oui*«, stimmte ihr der Mann zu.

»Sie hatte eine Handtasche bei sich«, sagte Mrs Mullally, und ihre Stimme bekam einen abwehrenden Unterton. »Auch als sie den Laden verlassen hat. Eine viereckige Handtasche, die sie unterm Arm trug.«

Dolores versuchte sich zu erinnern: Hatte die Frau eine Handtasche gehabt, als die beiden zusammen zum Auto gegangen waren? Hatte sie sie gehabt, als sie sich umarmt hatten? Und dann fiel es ihr ein: der dunkle, viereckige Schatten auf dem roten Dach, zu deutlich, um nur ein Schatten zu sein.

»Sie hat sie aufs Autodach gelegt«, sagte sie, und während sie sprach, sah sie anscheinend vor sich, was ihr in jenem Moment entgangen war: der erhobene Arm der Frau direkt vor der Umarmung, die Handtasche in ihrer Hand und dann auf dem roten Metall, das in der Sonne funkelte. Dolores war zu sehr auf die Umarmung konzentriert gewesen, um das richtig sehen zu können, aber sie war sicher, dass es sich so abgespielt hatte.

»O ja«, sagte sie und nickte, um ihrer Behauptung mehr Gewicht zu geben. »Sie haben sie aufs Dach Ihres Autos gelegt.«

»Haben Sie gesehen?«, fragte der Franzose.

»Ich hab's oben vom Fenster aus gesehen.«

»*Ah, merci, mademoiselle. Merci beaucoup.*« Die Frau sagte das. Der Mann sagte, sie seien ihr dankbar, und bedankte sich auf Englisch bei Dolores.

Sie lehnte sich in den Ladeneingang und beobachtete die anderen. Ihre Mutter begleitete das französische Pärchen über die Straße und war dann wegen des zur Mühle hinabführenden Abhangs nicht mehr zu sehen. Dolores hatte die Sorge ihrer Mutter gespürt, ihr Gefühl, dass sie beschuldigt wurden. Sie wollte gerade nach oben in ihr Schlafzimmer gehen, um sie vom Fenster aus weiter zu beobachten, als der Geruch von angebranntem Speck aus der Küche drang. Hastig schlurfte sie durch den Laden und den Lagerraum.

»Sie haben sie nicht gefunden«, sagte ihre Mutter, als sie zehn Minuten später zurückkehrte. »Sie haben das Auto weggefahren, um zu sehen, ob sie runtergefallen ist. Sie sind den Weg zu den Steinen vier Mal abgegangen, haben sie gesagt, und haben nachgesehen, ob sie sie vielleicht unterwegs fallen gelassen hat.«

»Sie hat sie aufs Auto gelegt, da kann sie sie nicht fallen gelassen haben.«

»Ah, da kann man nichts machen.«

»Dann ist sie also weg?«

»Sie haben mir eine Adresse aufgeschrieben, falls sie irgendwann wieder auftauchen sollte. Die Frau war ziemlich niedergeschlagen.«

Dolores sah, wie das schöne asymmetrische Gesicht sich noch mehr verzog, der Mund zusammengekniffen, die Augen voll Tränen. Der Mann würde seinen Arm um die Schultern der schick gekleideten Frau legen, die unter dem Leder so zierlich aussahen. Er würde seine Geliebte trösten und ihr eine neue Handtasche versprechen, denn solche Leute, die es sich leisten konnten, ein Auto zu mieten, den ganzen Weg von Frankreich zu kommen, um sich ein paar Steine auf einem Feld anzusehen, mussten sich um Geld keine Gedanken machen.

»Hast du ihnen gesagt, dass sie in Rossaphin zur Polizei gehen sollen?«

»Ich hab nichts von der Polizei zu ihnen gesagt.« Mrs Mullally sprach wieder mit fester Stimme, und Dolores wusste, dass sie ihnen nicht vorgeschlagen hatte, zur Polizei zu gehen, weil sich nicht herumsprechen sollte, dass auf diese Art und Weise an der Kreuzung eine Handtasche verschwunden war. »Sie finden sie bestimmt irgendwo in ihrem Auto.«

Dolores nickte und stimmte ihr stillschweigend zu, dass die Sache so oder ähnlich ausgehen würde. Als sie von den Steinen zurückgekehrt waren, hatte die Frau die Handtasche wohl vom Dach genommen und dann ins Auto gepackt, ohne es zu merken. Dolores schnitt sich ein Stück angebratenes Brot ab und stippte es in den kleinen Salzhügel am Rand ihres Tellers. Sie begann über Killer Hagan und seinen Gegenspieler Red Cassidy nachzudenken.

»Nur Henry Garvey war da«, sprach ihre Mutter weiter, »und hat die Kühe des Alten nach Hause getrieben. Er war zu weit weg, um mitzukriegen, was los ist.«

Dolores nickte erneut. Als das Liebespaar zum Auto zurückgekehrt war, war es vielleicht zu einer weiteren Umarmung gekommen, und die beiden hatten alles vergessen – genau wie in *Der lange Ritt*, wo Big Daunty sich in eine Indianerin verliebte und beide in einen Taumel verfielen und die Welt ringsum vergaßen. *Colette Nervi* stand auf dem Stück Papier, das das französische Liebespaar ihrer Mutter gegeben hatte. *Rue St. Just 10, Toulouse, France.* Sie hatten auch darauf bestanden, ihr Geld zu geben, damit sie ihnen einen Brief schicken könnte, falls die Handtasche je wieder auftauchen sollte.

Henry Garvey war ein großer, schwerfälliger Mann von vierzig Jahren, der in der Gegend für seine Faulheit und seine Leichtlebigkeit bekannt war. Sein Onkel, der schrullige Garvey, hatte Henrys Eltern überlebt, und die beiden lebten zusammen auf dem Hof, auf dem einmal die ganze Familie Garvey gewohnt hatte. Der schrullige Garvey, der im Alter klein und runzelig war, hatte nie geheiratet – aus Geiz, wie es in der Gegend hieß. Er galt als nicht ganz richtig im Kopf, obwohl vielleicht auch dieser Eindruck nur seinen Geiz widerspiegelte. Das Haus, das er mit seinem Neffen bewohnte, musste dringend ausgebessert werden, da das Dach undicht und die Wände feucht waren. Henry verbrachte dort so wenig Zeit wie möglich und fuhr lieber jeden Morgen mit dem alten Fahrrad seiner Mutter nach Rossaphin und blieb dort, bis es Zeit war, die Kühe nach Hause zu treiben. Er schloss Wetten ab und trank in ein paar ausgesuchten Pubs, während er darauf wartete, dass die Nachmittagsrennen begannen. Er wettete auf Windhunde und auch auf Pferde, und es war allgemein bekannt, dass er in der einen oder anderen Bar schon Wetten über alles Mögliche angeboten hatte, darunter auch das Todesjahr seines Onkels. Sein sonnengebräuntes Gesicht wurde von einem ständigen Lächeln gespalten, dem unbekümmerten, trägen Lächeln eines Menschen, der es nie eilig hat. Manchmal fuhr er abends noch einmal nach Rossaphin, um noch mehr Stout zu trinken und sich über Rennpferde zu unterhalten. Seinem Onkel gehörten das Haus und die Kühe, Henry die Felder und die Truthähne, die er jedes Jahr für Weihnachten mästete. Er wurde von seinem Onkel fürs Weiden der Kühe und von zwei anderen Bauern für das Gras bezahlt, das er ihnen alljährlich überließ: Zusammen mit dem Gewinn von den Truthähnen konnte er davon leben. Seine vier Schwestern hatten die Gegend vor langem verlassen, und nur eine von ihnen war in Irland geblieben.

»Drüben bei den Steinen waren Ausländer«, berichtete er seinem Onkel an dem Abend, an dem das französische Pärchen gekommen war. »Haben rumgequasselt.«

»Hast du sie angesprochen? Hast du Geld dafür verlangt, dass sie über unsere Felder gehen?«

Henry nickte unbestimmt, und da der Alte wusste, dass Henry nichts gefordert hatte, murrte er weiter und zermahlte gebackene Bohnen in seinem zahnlosen Mund, bevor er sie hinunterschluckte. Da er mit der Kruste Probleme hatte, riss er aus dem Innern einer Scheibe Brot kleine Stücke und tauchte die weichen weißen Brocken in die Soße, die zu den Bohnen gehörte. Er murmelte weiter, während er aß, und sagte, dass es eine Schande sei, wie viele Leute heutzutage über ihr Land gingen. Das war beim Essen sein Lieblingsthema: Jeden Tag, egal ob Besucher bei den stehenden Steinen gewesen waren oder nicht, drängte der Alte Henry, sich bei der Polizei, beim Amt für öffentliche Arbeiten oder bei jemandem am Gericht in Rossaphin zu beschweren. Er war davon überzeugt, dass der Familie Garvey eine beträchtliche Geldsumme zustand, weil man für die Benutzung des Pfads nach Drumgawnie Rath nie eine Gebühr verlangt hatte. Jetzt, mit sechsundachtzig, war er zu alt, um in der Sache noch irgendetwas zu unternehmen. Er war schon seit zehn Jahren nicht mehr bei der Messe gewesen und hatte seit sechs Jahren mit niemandem außer seinem Neffen geredet. Nie kam jemand auf den Hof.

Henrys Meinung nach hätte der Alte normal bleiben können, wenn er jeden Tag in Mrs Mullallys Laden Lebensmittel und die Zeitung geholt hätte. Er hätte sich ganz normal mit Mrs Mullally oder ihrer Tochter die Zeit vertreiben können, statt hinter den Bäumen zu lauern und nach Besuchern Ausschau zu halten. Aber er betrat den Laden nicht, weil er es nicht ertragen konnte, jemandem Geld zu geben, sodass Henry sich um all das kümmern musste. Nicht dass ihm das viel ausgemacht hätte. Er besaß einen Korb, den er an die Lenkstange seines Fahrrads hängte, und es gefiel ihm eigentlich, in den Läden herumzutrödeln, in dem von Mrs Mullally oder in irgendeinem anderen. Dann zündete er sich eine Zigarette an oder trank bei Mullally's manchmal eine Flasche Limonade. Er lehnte sich mit dem Rücken gegen den Tresen und hörte der Tochter zu, wie sie von den Wildwestromanen erzählte, die sie las. Auf ihre Art sah sie ganz passabel aus, bloß ihr Beinleiden war bedauerlich.

»Die waren richtig in Schale«, berichtete Henry in der Küche weiter. »Richtige Tagediebe, würde ich sagen.«

Sein Onkel ließ ein Schlürfen hören. Die Besucher trampelten das Gras nieder. Außerdem müsse man das Amt für öffentliche Arbeiten davon unterrichten, dass sie ihre Autos kostenlos auf dem Seitenstreifen neben der Mühle parkten.

»Ich glaube nicht, dass das Amt für öffentliche Arbeiten was damit zu tun hat.«

»Warum nicht? Hat mir 1949 nicht einer ihrer Beamten einen Besuch abgestattet? Hat man dort nicht die Aufmerksamkeit auf die Steine gelenkt, bevor überhaupt ein Fremder wusste, dass es sie gibt?«

»Wenn das jemanden was angeht, dann den Grafschaftsrat.«

»Dann geh zum Gericht. Geh zum Bürovorsteher und sag, dass uns Gras fürs Vieh verloren geht, weil die Besucher alles niedertrampeln.«

Henry versprach, dass er ihm den Gefallen tun werde. Immer wenn das Thema angeschnitten wurde, versprach er das. Er aß seine Bohnen und sein Brot und trank mehrere Tassen Tee. Er sagte nicht, dass es andere Möglichkeiten gebe, Gebühren für die Benutzung des Pfades durch die Felder einzufordern. Er erklärte nicht, dass man das, was einem zustehe, auch bekommen könne, wenn man scharfe Augen habe und seine angeborene Intelligenz benutze.

Vier Jahre nach dem Missgeschick der Französin mit ihrer Handtasche – im Spätsommer 1972 – bemerkte Dolores, dass Henry Garvey Interesse für sie zeigte. In jenem Juli und August änderte sich sein Verhalten. Er drehte ihr zum Beispiel nicht mehr den Rücken zu oder lächelte durch die offene Tür auf die Straße hinaus, während sie ihm die Handlung eines weiteren Wildwestromans erzählte. Stattdessen wandte er sich ihr zu und stützte einen Ellbogen auf den Tresen. Er blickte ihr sogar ins Gesicht und musterte es. Gelegentlich glitt sein Blick über ihr langes dunkles Haar und über ihre Schultern. Einmal hatte sie bemerkt, dass er ihre Hände anschaute.

Es war Dolores, die jetzt sechsundzwanzig war, nie in den Sinn gekommen, dass ihr einmal die Liebe begegnen könnte. Vor einer Ewigkeit hatten die Crowleys sie und ihre Mutter einmal an einem kalten Januartag nach Ballyreddy, sechzehn Meilen hinter Rossaphin, zur Sonntagnachmittagsvorstellung im Kino gefahren. Pater Deane hatte dabei die Hand im Spiel gehabt – hatte höchstwahrscheinlich gesagt, es sei eine barmherzige Tat –, und die Crowleys, die durch seine guten Dienste in den Himmel zu kommen hofften, hatten seinen Wunsch bereitwillig erhört. *Verdammt in alle Ewigkeit* hatte der Film geheißen, und Dolores hatte nichts davon vergessen, da er viel romantischer gewesen war als die Wildwestromane ihres Vaters. Aber noch nähere Bekanntschaft mit der Welt der Liebe und Leidenschaft hatte sie bisher nicht gemacht, und freitagabends konnten ihr weder die

Fürsprache von Pater Deane noch die Freundlichkeit der Crowleys einen Aufenthalt unter den Tänzern in Rossaphin verschaffen. Dolores war noch nie in Rossaphin im Tanzsaal gewesen und glaubte auch nicht, dass es je dazu kommen würde. Das war ganz abwegig – das wusste sie, und sie hatte sich auch damit abgefunden. Doch manchmal träumte sie, dass sie wie durch ein Wunder unter bunten Lichtern zu der Musik tanzte, die sie im Radio gehört hatte, und war nach dem Aufwachen einen Augenblick lang traurig.

»Ich hatte eine Platzwette auf ihn laufen«, sagte Henry Garvey gegen Ende August. »Ich hab richtig Glück gehabt.«

Er hatte schon ein oder zwei Tage vorher von dem Pferd Wonder Boy gesprochen. Es lief auf irgendeiner Rennbahn in England und sollte ihm ein Vermögen einbringen. Er hatte ihr von einem Windhund namens Trumpeter erzählt, der in Limerick gewonnen hatte, und von einem weiteren namens Smasheroo. Sein Onkel war vor fast zwei Jahren gestorben, und sie und ihre Mutter hatten der Beerdigung in Rossaphin beigewohnt, wo die Crowleys sie hingefahren hatten. Anschließend hatten alle in Love's Café eine Tasse Tee getrunken, und Mrs Mullally hatte die Gelegenheit genutzt, um bei Buckley's Wachstuch zu kaufen.

Obwohl der alte Garvey ihm nur unzureichend Gesellschaft geleistet hatte, fühlte sich Henry auf dem Hof offenbar einsam. Er kam öfter in den Laden und verweilte länger als früher. Und dann stellte Dolores eines Morgens fest, als sie ihm gerade die Handlung von *Kid Kelly* erzählte, dass er sie noch eingehender musterte als vorher. Ihre Mutter war dabei gewesen, und Dolores wusste, dass sie alles gesehen und begriffen hatte, dass Henry Garvey an ihr interessiert war. Nachdem er gegangen war, schien ihre Mutter vor

Freude ganz außer sich, obwohl sie kein Wort sagte. Dolores hörte sie in der Küche vor sich hin summen, und sie war so gut aufgelegt, als Jimmy Reilly am Nachmittag den Speck ablieferte, dass er sie fragte, ob sie in der Lotterie gewonnen habe.

»Weißt du, was los ist?«, sagte Henry Garvey Anfang September. »Ich weiß nicht, was ich mit mir anfangen soll.«

Mit diesen Worten schob er ihr sein Zigarettenpäckchen über den Tresen. Sie saß auf dem Hocker mit der schwarzen Sitzfläche und den auf genau der richtigen Höhe abgeschnittenen Beinen, den Pater Deane ihr geschenkt hatte. Darauf konnte sie sitzen und sich auf den Tresen lehnen, genau wie Henry Garvey es jetzt tat, auf gleicher Höhe mit ihm.

»Das alte Haus oben steht kurz vorm Einsturz«, sagte er.

Ihre Mutter war nicht da. Sie stahl sich jetzt immer nach draußen davon, zum Kartoffelhang, wenn Henry Garvey erschien, selbst wenn es regnete. Dolores wusste, dass sie die Neuigkeit von der Brautwerbung schon den Crowleys und den Lieferwagenfahrern, die im Laden vorbeischauten, erzählt hatte, genauso wie Pater Deane und allen, die ihre Lebensmittel an der Kreuzung einkauften. Wenn Dolores sich nachmittags ausruhte, konnte sie den aufgeregten Ton in der Stimme ihrer Mutter unten im Laden hören. Sie konnte zwar nie die Worte verstehen, aber sie wusste, dass sie die jüngsten Aufmerksamkeiten von Henry Garvey voller Übertreibung schilderte.

»Ich frage mich«, sagte er Anfang September, »ob ich die Kühe des alten Knaben verkaufen soll.«

Sie machte eine knappe Geste mit der Hand, in der sie die Zigarette hielt, ein Zucken der Finger, das sagen sollte, dass Henry Garvey sein eigener Herr sei, dass er die Freiheit habe, allein über die Kühe seines verstorbenen Onkels zu entscheiden.

»Ich hab zwar das Land, aber was nützt mir das alte Haus? Es stürzt bestimmt bald ein, weil der alte Knabe nicht erlaubte, dass man auch nur eine Kelle Zement benutzte.«

Dolores, die den Hof noch nie gesehen hatte, machte noch einmal die gleiche Geste.

»Und die Viecher kann man auch kaum noch als Kühe bezeichnen. Wär ich ohne den Ärger mit ihnen nicht besser dran?«

Er wandte ihr sein breites Lächeln zu, seine ziegelrote Gesichtshaut, die kleine Wülste bildete. Sie hatte ihn erst einmal mit Krawatte gesehen, und zwar bei der Beerdigung seines Onkels. Sonntags ging er zu einer späteren Messe als sie und ihre Mutter; dazu band er sich wohl auch eine Krawatte um.

»Außerdem«, fuhr er fort, »brauche ich ein neues Fahrrad.«

Im Laden, in den Zimmern darüber und dahinter und auf dem Hang hinterm Haus konnte er die Stelle ihres Vaters einnehmen. Er konnte in dem Sessel sitzen, in dem ihr Vater so plötzlich gestorben war. Er konnte genau wie ihr Vater in den Laden und das Haus einheiraten, und er würde die Pacht für das Beweiden seiner Felder mit einbringen. Ihr Vater hatte gar nichts mit eingebracht.

»Ich frage mich«, sagte er, »ob ich noch lernen kann, Auto zu fahren.«

Sie gab keine Antwort. Sie machte nicht einmal wieder die gleiche Geste. Sie sah vor sich, wie sie aus dem Auto stieg, von dem er sprach, das Ende der Krücke fest auf dem Bürgersteig. Sie sah, wie sie neben ihm zum Kino in Ballyreddy humpelte, die Stufen hinauf und durch den langen

Gang mit den gerahmten Fotos von Filmstars an den Wänden. Sie sah sich in Rossaphin, wo sie nicht vor der Provincial Bank auf Jimmy Reilly und seinen Lieferwagen warten musste, sondern in Ruhe von einem Laden zum anderen gehen konnte. Sonntags würden sie die Messe besuchen, wann es ihnen passte, und bräuchten sich nicht mehr mit den Crowleys abzusprechen. Und würde es etwas schaden, wenn sie ein einziges Mal in den Tanzsaal ginge und eine Weile daständе, um sich die Tänzer anzusehen und der Musik zu lauschen?

»Ich bin mir sicher, dass du Auto fahren könntest«, sagte sie. »Wenn Sheedy den Lieferwagen mit dem Brot fahren kann, dann kannst du auch Auto fahren.«

»Das alte Rad war zu seiner Zeit wirklich gut, aber die Schutzbleche sind voller Rost.«

»Du könntest ein Auto gut gebrauchen, Henry.«

»Nichts tue ich lieber, als mit dir über solche Sachen zu sprechen.«

Er machte ihr das Kompliment, ohne sie anzusehen, und starrte wie früher auf die Straße hinaus. Er war fast zwanzig Jahre älter als sie, aber es würde kein anderer Mann in den Laden kommen und sagen, er rede gern mit ihr über Fahrräder und Autos. Kein anderer Mann würde ihr Haar und ihre Hände betrachten – und falls doch, so würde er rasch davon ablassen, genau wie der neue junge Schaffner des Überlandbusses, als er bemerkt hatte, dass sie verkrüppelt und missgestaltet war.

Henry Garvey verließ den Laden, nachdem er ihr das Kompliment gemacht hatte, und als ihre Mutter von hinten hereinkam, erzählte ihr Dolores, dass er überlege, sich ein Auto zu kaufen. Ihre Mutter hatte schon gebetet und die Muttergottes angefleht, alles in Ordnung zu bringen, hatte darum gebeten, dass nicht eines Tages eine Verkrüppelte an der Kreuzung ganz allein sein möge. Die Lähmung war ein Schock aus heiterem Himmel gewesen; die Aufmerksamkeiten von Henry Garvey kamen genauso unerwartet, eine Überraschung, die bestimmt gottgesandt war.

»Ein Auto?«, fragte ihre Mutter. »Ah, wäre das nicht großartig, mein Schatz?«

Die Kreuzung lag näher an der Stadt als der Hof, die Fahrt würde kürzer und auch leichter sein ohne den steinigen Weg, der zum Hof hinunterführte. Oft, wenn er in dem Laden herumstand, hatte er gerochen, dass in der Küche etwas gekocht wurde; er erinnerte sich an Mullally, wie er damals Briefmarken verkauft und Kartoffeln ausgewogen hatte. Er mochte es, wenn sie ihm von Kid Kelly und Killer Hagan erzählte, und sie war anscheinend daran interessiert, wenn er seine Chancen bei einem Rennen erläuterte. Wenn ein Stück Vieh nicht nach Hause kam, schien sie Mitgefühl mit ihm zu haben.

»Dann ist es also abgemacht«, sagte er ihr an dem Tag, an dem sie vereinbarten zu heiraten. »Das ist gut für uns beide.«

Er machte ihr ein Geschenk – eine Halskette aus der Handtasche, die er vor Jahren als Bezahlung für die ganzen Fremden genommen hatte, die über die Felder gegangen waren. Darin waren kleine blaue Edelsteine: Zweiundzwanzig Stück, sagte sie ihm, denn sie hatte sie gezählt. Etwa eine Woche später schob er ihr die Handtasche selbst über den Tresen. Er sagte, die habe er zusammen mit der Halskette bei den Sachen seiner Mutter gefunden. Tim Howley bringe ihm das Autofahren bei, sagte er.

Als Henry Garvey ihr die Halskette schenkte, wusste Dolores, dass Mrs Garvey nie so ein Schmuckstück besessen hatte. Ihre Mutter wusste das auch, sagte aber kein Wort. Erst als die Handtasche auftauchte, errieten beide, dass Henry Garvey die Französin bestohlen hatte. Noch immer sagten sie kein Wort. Das Stück Papier, auf dem Colette Nervi ihre Adresse aufgeschrieben hatte, blieb in der Schublade, in der die Postanweisungen und das Abrechnungsbuch aufbewahrt wurden. Dort hatte es die ganze Zeit gelegen, zusammen mit der kleinen Geldsumme, die fürs Porto gedacht war, falls die Handtasche je wieder auftauchen sollte. Mrs Mullally zerriss das Stück Papier, nachdem Dolores ihre Geschenke erhalten hatte, und als Dolores eines Tages in die Schublade schaute, entdeckte sie das.

Die Hochzeit sollte im Juni stattfinden. Zwei Mädchen, mit denen Dolores in die Klosterschule gegangen war, sollten Brautjungfern sein, und einer von Henry Garveys Trinkgenossen hatte sich bereit erklärt, den Trauzeugen zu spielen. Alle Leute aus dem näheren Umkreis von Drumgawnie wurden eingeladen, alle Kunden des Ladens, dieselben Leute, die vor neunzehn Jahren auf Mr Mullallys Beerdigung und später auf der des schrulligen Garvey gewesen waren. Die Crowleys wurden eingeladen und ein paar Leute aus Rossaphin, Jimmy Reilly und Sheedy, der Brotlieferant. Ein paar von den anderen Lieferwagenfahrern wohnten zu weit weg, aber ausnahmslos alle brachten etwa eine Woche vor dem Hochzeitstag Geschenke für Dolores mit.

Pater Deane ließ eine Krücke weiß streichen und bat Mrs. Crowley, die Armstütze mit Spitze zu überziehen, damit sie zum Hochzeitskleid passte. Dolores fand, dass sie noch nie eine so schöne Krücke gesehen hatte, und überlegte, ob das eine Hochzeitstradition für verkrüppelte Bräute sei, fragte aber nicht nach. Henry Garveys Hof stand zum Verkauf, das Vieh war bereits verkauft. Mrs Mullally war aus ihrem Zimmer in das gezogen, das Dolores immer gehört hatte. »Das ist doch ganz unbedeutend«, sagte sie und hielt sich nicht länger mit dem Thema auf.

»Ich weiß nicht, ob er mir je den Trick klarmachen kann«, sagte Henry Garvey und meinte damit Tim Howleys Versuche, ihm das Autofahren beizubringen. Bei ihm machte das Auto immer einen Satz nach vorn, es ruckelte und kam wieder zum Stillstand, bevor es überhaupt ansprang. Tim Howley sagte, seine Füße seien zu schwerfällig: Ein Mann, der Auto fahre, müsse bei Gas und Kupplung feinfühlig sein. »Man sollte meinen, es ist ganz einfach«, sagte Henry zu Dolores, und sie ermutigte ihn sanft und drängte ihn, durchzuhalten. Es gebe nichts Schöneres, fuhr sie mit derselben sanften Stimme fort, als ein Auto zu haben. Die weiße Krücke stand in ihrem Schlafzimmer, in einer Ecke neben der Frisierkommode, und wartete auf den Tag im Juni. Sie hatte die Spitze an der Armstütze mit einem Stück braunem Papier aus dem Laden abgedeckt, damit sie nicht schmutzig wurde.

In der Nacht vor der Hochzeit fragte sich Dolores, was sich wohl sonst noch in der Handtasche befunden hatte. Das Geld hatte er bestimmt auf ein Pferd oder einen Windhund gesetzt, Schlüssel hatte er vielleicht weggeworfen; irgendwo in dem noch nicht verkauften Haus lag bestimmt eine Puderdose. In einem Monat sollte die Versteigerung der Möbel und der wenigen noch vorhandenen Landmaschinen stattfinden. Zuvor würde sie die Puderdose ausfindig machen und sorgfältig verstecken. Sie würde weder ihr Geld in der schwarzen Handtasche aufbewahren noch ihre Streichhölzer und Zigaretten; sie würde sich nicht damit in den Läden sehen lassen. Sie würde vorsichtig mit Henry Garveys Geschenken umgehen, für den Fall, dass das Liebespaar aus Frankreich den Verlust doch der Polizei gemeldet hatte. Henry Garvey würde nicht bemerken, dass sie die Halskette nie trug, weil er nicht zu den Leuten gehörte, denen so etwas auffiel; er begriff auch nicht, dass man vorsichtig sein musste. In ihrer Schläfrigkeit empfand sie es als beruhigend, zu wissen, was sie tun musste, aber als sie das Licht ausschaltete und zu schlafen versuchte, überkam sie ein Frösteln: Was wäre, wenn Henry Garvey am Morgen mit dem Fahrrad seiner Mutter herübergeradelt käme und sagte, er habe einen Fehler begangen? Wenn er so wie früher mit dem Rücken zum Tresen dastände und mit seinem Lächeln auf die Straße hinausstarrte? Er würde nicht sagen, dass ihm die Unsinnigkeit der Heirat endlich zu Bewusstsein gekommen sei. Er würde nicht sagen, dass er den hässlichen Körper seiner Braut, das verschrumpelte Bein, das alles entstellte, vor seinem geistigen Auge gesehen habe. Auch nicht, dass ihm plötzlich aufgegangen sei, dass er es nicht ertragen könne, für den Rest seines Lebens mit anzusehen, wie sie, wenn sie ohne Krücke ging, das Bein unbeholfen nachschleifte. »Ich hab dir gestohlene Sachen geschenkt«, würde er stattdessen sagen. »Ich schäme mich zu sehr, um dich heiraten zu können.« Und dann würde er auf sein Fahrrad steigen und sich auf den Weg machen wie ein Cowboy im Wilden Westen.

Im Dunkeln zündete sie sich noch eine Zigarette an und beruhigte sich. Wenn er dieses Zimmer lieber für sich allein hätte, könnte sie sich ja das andere mit ihrer Mutter teilen. Er war schon so lange Junggeselle, dass ihm das vielleicht lieber war. Sie würde nur äußerst ungern mit ihrer Mutter in einem Zimmer wohnen, aber hinten gab es ein leeres Zimmer, das ungenutzt war und das man vielleicht eines Tages für sie herrichten konnte. Ein Bett und eine Garderobe gäbe es oben auf dem Hof, vielleicht fände sich dort auch eine Rolle Linoleum.

Sie schaltete das Licht an und las. Sie beendete *Das Schweigen der Prärie* und fing einen Roman an, den sie schon ewig nicht mehr gelesen hatte: *Goldrausch* von Chas. D. Wasser. In der blassen Morgendämmerung begannen schließlich die Vögel zu singen. Um halb sieben hörte sie ihre Mutter rumoren.

Er machte sich in der Küche eine Tasse Tee. So wie das Dach und die Küchenwand aussahen, würde niemand das Haus kaufen. Die Wand würde den Winter schwerlich überstehen, der Riss war plötzlich breiter geworden, jetzt waren es wohl schon fast dreißig Zentimeter. Die alten Möbel würden vielleicht hundert Pfund bringen.

Am Küchentisch rührte er Zucker in seinen Tee. Er fragte sich, ob er es je fertigbringen würde, Auto zu fahren. Und falls ja, so fragte er sich, ob Mrs Mullally genug Geld für ein Auto hätte. Davon hatte er bisher noch nichts gesagt, aber würde sie nicht kapieren, dass er seinen Teil schon beigetragen hatte, bei all den Schwierigkeiten, die er mit dem Lernen auf sich nahm? Sie saßen alle drei im selben Boot, wenn man den Zustand des Hofs und das Aussehen des Mädchens bedachte. Es war nur schade, dass sich in der Handtasche, die er als Bezahlung für die Benutzung des Pfades durch die Felder genommen hatte, kein Ring befunden hatte. Trotzdem, er hatte mit dem Geld, das in der Handtasche gewesen war, das Siebenfache seines Einsatzes auf Derby Joan gewonnen, was den Preis des Rings, den er hatte kaufen müssen, mit Leichtigkeit abdeckte.

Er trank seinen Tee und ging dann zum Spülbecken hinüber, um sich zu rasieren. Im Laden hatten sie Rasierklingen auf Lager, was ebenfalls praktisch war.

Vor dem Altar stützte sie sich auf die weiße Krücke und wünschte, dass sie ohne ihre Hilfe zurechtkäme, wusste aber, dass die Anstrengung zu groß sein würde. Pater Deanes Stimme flüsterte auf die beiden ein, und sie konnte seine aufrichtige Freude heraushören. Henry Garvey neben ihr trug eine Krawatte, wie sie vorausgesehen hatte. In seinem Knopfloch steckten eine Nelke und ein paar Farnwedel. Er roch nach Seife.

Sie musste niederknien, was ihr stets schwerfiel, aber die Zeremonie war rechtzeitig vorüber, und sie ging vorsichtig auf den Steinplatten den Mittelgang entlang, eine Hand auf dem Querholz der Krücke, und mit der anderen hielt sie sich an ihm fest. Unter ihrem Hochzeitskleid versteckt lag die Kette, die man Colette Nervi gestohlen hatte, kühl an ihrem Hals, und in jenen wenigen Augenblicken auf dem Mittelgang rief sich Dolores die Umarmung in Erinnerung. Sie sah das Liebespaar so, wie es an diesem Tag gewesen war, der Ledermantel der Frau, der Mann, der seine Pfeife ausklopfte. Die Sonne funkelte auf dem rot glänzenden Auto und verstärkte das Grün der Nesseln und des Ampfers. Die Finger der Frau lagen gespreizt auf dem dunklen Haar ihres Liebhabers; die beiden Gesichter waren aneinandergepresst wie die Gesichter des Mannes und der Frau in *Verdammt in alle Ewigkeit*.

EINE DREIEINIGKEIT

Ihr erster Urlaub seit ihren Flitterwochen wurde von dem älteren Mann bezahlt, den sie beide Onkel nannten. In Wahrheit war er mit keinem von beiden verwandt: Seit elf Jahren war er Dawnes Arbeitgeber, eigentlich aber glich die Beziehung eher der zwischen einem Wohltäter und den von ihm Abhängigen. Sie wohnten bei ihm und kümmerten sich um ihn, doch andererseits war er es, der sich um sie kümmerte und regelmäßig demonstrierte, dass sie derartiger Fürsorge bedurften. »Was ihr braucht, das ist ein bisschen Herbstsonne«, hatte er gesagt und Keith mit dem Auftrag losgeschickt, so viele Urlaubsprospekte mitzubringen, wie er auftreiben konnte. »Ihr zwei seid ja weiß wie Bettlaken.«

Der alte Mann kostete Aspekte ihres Lebens gleichsam stellvertretend aus und hörte ihnen bei allem, was sie sagten, aufmerksam zu. Er teilte ihre Vorfreude und blätterte mit größtem Vergnügen die Seiten der farbigen Broschüren durch. Einen Hochglanzprospekt nach dem anderen breitete er auf dem Küchentisch aus. Er bestaunte das Blau der Ägäis und die Blumenmärkte von San Remo, den Nil und die Pyramiden, die Costa del Sol, die Schätze Bayerns. Aber die Stadt Venedig war es, die vom ersten Moment an seine Fantasie beschäftigte, und wieder und wieder kam er auf das Wunder ihrer Brücken und Kanäle, auf die Majestät der Piazza San Marco zu sprechen.

»Ich bin zu alt für Venedig«, bemerkte er etwas traurig. »Inzwischen bin ich zu alt für überall.«

Sie widersprachen ihm. Sie drängten ihn, sie zu begleiten.

Aber es war nicht nur das Alter, er musste auch an seinen Papierwarenladen denken. Er konnte doch Mrs Withers nicht zurücklassen, die dann zusehen müsste, wie sie allein zurechtkäme; das wäre nicht anständig.

»Schickt mir ein, zwei Ansichtskarten«, sagte er. »Das genügt.«

Er wählte einen Pauschalurlaub zu einem sehr annehmbaren Preis für sie aus: einen Flug von Gatwick Airport, zwölf Nächte in der Märchenstadt, in der Pensione Concordia. Als Keith und Dawne gemeinsam ins Reisebüro gingen, um die Buchung vorzunehmen, erläuterte ihnen der Schalterangestellte, die anderen Teilnehmer dieser ganz besonderen Pauschalreise seien Schüler eines Sprachkurses aus Windsor, die unter Leitung eines gewissen Signor Bancini Italienisch lernten. »Es liegt ganz bei Ihnen, ob Sie sich den Stadtführungen Signor Bancinis anschließen wollen«, erklärte der Schalterangestellte. »Und zum Frühstück und zum Abendessen haben Sie natürlich Ihren eigenen Tisch.«

Der alte Mann war hocherfreut, als er von der Gruppe aus Windsor erfuhr. Der Umgang mit solchen Leuten und die Möglichkeit, sich für einen geringen Aufpreis die Sachkenntnis eines Italienischlehrers zunutze zu machen, kamen, wie er betonte, einer Dreingabe gleich. »Reisen erweitert den Horizont«, sagte er. »Ich bedaure, dass ich nie die Gelegenheit dazu hatte.«

Aber irgendetwas lief schief. Entweder im Reisebüro oder in Gatwick oder in irgendeinem anonymen Computer nahm ein kleines Unheil seinen Lauf. Dawne und Keith landeten schließlich in einem Hotel namens Edelweiß, Zimmer 212, in der Schweiz. In Gatwick hatten sie ihre Flugtickets einer jungen Frau in der rot-gelben »Your-Kind-of-Holiday«-Uniform vorgezeigt. Sie hatte sie mit Namen angesprochen, die Angaben auf ihren Tickets überprüft und gesagt, es sei alles in bester Ordnung. Eine Stunde später waren sie überrascht, als sie im Flugzeug ältere Menschen mit einem starken nordenglischen Akzent sprechen hörten, wo doch der Schalterangestellte im Reisebüro unmissverständlich klargestellt hatte, Signor Bancinis Italienischkurs komme aus Windsor. Dawne hatte diesbezüglich sogar eine Bemerkung fallenlassen, aber Keith hatte gemeint, es müsse wohl eine Stornierung erfolgt sein oder vielleicht befinde sich der Italienischkurs ja an Bord einer zweiten Maschine. »Das wird der Name des Flughafens sein«, erklärte er selbstsicher, als der Pilot über die Bordsprechanlage ein Ziel nannte, das durchaus nicht wie Venedig klang. »So als würde er Gatwick sagen. Oder Heathrow.« Sie bestellten zwei Drambuie, Dawnes Lieblingsgetränk, und dann noch zwei. »Es geht mit dem Bus weiter«, verkündete eine dicke Frau mit Brille, als das Flugzeug landete. »Bleiben Sie jetzt alle beisammen.« In der Broschüre war zwar von einem Zwischenstopp mit Übernachtung keine Rede gewesen, doch als der Bus vor dem Hotel Edelweiß vorfuhr, erklärte Keith, dass es sich offenbar genau darum handele. Zuerst mit dem Flugzeug und dann weiter mit dem Bus: So hielten die Pauschalreiseveranstalter die Preise niedrig, hatte ihm ein Arbeitskollege erzählt. Als sie aus dem Bus ausstiegen, war es schon fast Mitternacht. Ermüdet und gezeichnet von der Reise, wollten sie ihr Recht auf die angebotenen Betten nicht in Zweifel ziehen. Als sich jedoch am nächsten Morgen herausstellte, dass ihnen die Betten für die Dauer ihres Urlaubs angeboten wurden, waren sie ernsthaft beunruhigt.

»Wir haben hier den See und die Wasservögel«, erklärte der Empfangschef lächelnd. »Und wir können den Dampfer nach Interlaken nehmen.«

»Es liegt ein Irrtum vor«, informierte Keith den Mann in bemüht gleichmäßigem Tonfall, denn es war von größter Bedeutung, die Ruhe zu bewahren. Dicht neben sich nahm er den erregten Atem seiner Frau wahr. Sie hatte sich erst einmal hinsetzen müssen, als ihnen klar geworden war, dass etwas nicht stimmte, doch jetzt war sie wieder auf den Beinen.

»Wir können Ihnen kein anderes Zimmer geben, Sir«, entgegnete der Empfangschef rasch. »Jedem wurde ein Zimmer zugeteilt. Sie gehören zu der Gruppe, Sir?«

Keith schüttelte den Kopf. Nicht zu dieser Gruppe, sagte er, zu einer anderen Gruppe; einer Gruppe, die an einen anderen Bestimmungsort weitergereist sei. Keith war kein hochgewachsener Mann, und er litt oft unter der Arroganz, die er an anderen Menschen wahrzunehmen glaubte, an Amtspersonen dieser oder jener Art oder auch an Verkäufern, die zu der Annahme neigten, seine mangelnde Körpergröße lasse auf ein entsprechendes Format seiner Persönlichkeit schließen. In einem Ton, der Keith gar nicht gefiel, wiederholte der Empfangschef:

»Das ist das Hotel Edelweiß, Sir.«

»Wir sollten aber in Venedig sein. In der Pensione Concordia.«

»Der Name ist mir nicht bekannt, Sir. Hier haben wir die Schweiz.«

»Wir sollen mit einem Bus weiterfahren. Das hat eine der Reiseleiterinnen im Flugzeug gesagt. Sie war letzte Nacht hier, diese Frau.«

»Morgen haben wir die Fondueparty«, fuhr der Empfangschef fort, nachdem er sich die Information über die Reiseleiterin höflich angehört hatte. »Am Dienstag gibt es einen Besuch in der Schokoladenfabrik. An anderen Tagen können wir den Dampfer nach Interlaken nehmen, wo es Teestuben gibt. In Interlaken kann man zu anständigen Preisen Souvenirs erstehen.«

Dawne hatte noch nichts gesagt. Auch sie war zart gebaut, ihre Gesichtszüge blass unter orangefarbenem Puder. »Mickrig«, bemerkte der alte Mann gewohnheitsmäßig in scherzhaftem Ton, und manchmal riet er ihr, sich hinzulegen.

»Schön hier, nicht?«, begeisterte sich eine Stimme hinter Keith. »Draußen gewesen, die Enten füttern, was?«

Keith drehte sich nicht um. Langsam, jedem einzelnen Wort Raum gebend, sagte er zu dem Empfangschef: »Man hat uns für die falsche Ferienreise gebucht.«

»Ihre Gruppe ist für zwölf Nächte im Hotel Edelweiß gebucht. Jetzt noch eine Änderung vorzunehmen, Sir, falls Sie es sich anders überlegt haben –«

»Wir haben es uns nicht anders überlegt. Es liegt ein Irrtum vor.«

Der Empfangschef schüttelte den Kopf. Er wisse von keinem Irrtum. Davon habe man ihm nichts gesagt. Er würde ja gern helfen, wenn er könnte, aber er sehe nicht, wie ihnen am besten zu helfen wäre.

»Der Mann, der die Buchung entgegennahm«, unterbrach Dawne, »hatte eine Glatze, eine Brille und einen Schnurrbart.« Sie nannte den Namen des Reisebüros in London.

Zur Antwort lächelte der Empfangschef mit berufsmäßiger Anteilnahme. Mit dem Finger fuhr er den Rand des Gästebuchs entlang. »Mit Schnurrbart?«, sagte er.

Drei betagte Frauen, die im Flugzeug gesessen hatten, kamen durch den Empfangsbereich. Ob jemandem aufgefallen sei, bemerkte eine von ihnen, dass unter den Betttüchern Gummilaken lagen? Tja, man kann nicht vorsichtig genug sein, wenn man ein Hotel führt, erwiderte eine andere liebenswürdig.

»Haben wir etwa ein Problem?«, fragte eine andere Frau und strahlte Keith an. Es war die dicke Frau, die er als Reiseleiterin bezeichnet hatte, an diesem Morgen erschien sie auffällig herausgeputzt in einem zweifarbigen Hosenanzug, grün und blau. Metallene Schnörkel, die nach Gold aussehen sollten, zierten ihre fleischfarbene Brille; ihr graues Haar war sorgfältig gewellt. Sie hatten sie in Gatwick mit der gelb-roten jungen Frau reden sehen. Im Flugzeug war sie den Gang auf und ab geschlendert und hatte die Leute angelächelt.

»Mein Name ist Franks«, sagte sie jetzt. »Ich bin mit dem Mann verheiratet, der das schlimme Bein hat.«

»Sind Sie hier zuständig, Mrs Franks?«, erkundigte sich Dawne. »Wir sind nämlich im falschen Hotel.« Wieder nannte sie den Namen des Reisebüros und beschrieb den kahlköpfigen Schalterangestellten, nicht ohne seine Brille und seinen Schnurrbart zu erwähnen. Keith fiel ihr ins Wort.

»Anscheinend sind wir in die falsche Gruppe geraten. Wir haben uns bei der ›Your-Kind-of-Holiday‹-Frau gemeldet und alles Übrige ihr überlassen.«

»Wir hätten es wissen müssen, als wir merkten, dass die gar nicht aus Windsor waren«, steuerte Dawne bei. »Wir haben gehört, wie sie über Darlington sprachen.«

Keith gab einen ungeduldigen Kehllaut von sich. Er wünschte, sie würde das Reden ihm überlassen. Es hatte keinen Sinn, über Darlington und den Schnurrbart des Schalterangestellten daherzureden und alles nur noch verwirrender zu machen.

»Sie sind uns in Gatwick aufgefallen«, sagte er zu der dicken Frau. »Wir wussten, dass Sie für die Organisation verantwortlich sind.«

»*Sie* sind *mir* aufgefallen. Ja, natürlich sind Sie mir das, selbstverständlich. Ich habe Sie abgezählt, obwohl Sie es bestimmt nicht gemerkt haben. Monica hat die Tickets überprüft, und ich habe die Reiseteilnehmer abgezählt. Darum weiß ich auch, dass alles seine Ordnung hat. Nun, ich will es Ihnen erklären. ›Your-Kind-of-Holiday‹ bietet seinen Kunden viele Reiseziele an, viele Rundfahrten, die unterschiedlichsten Angebote zu den unterschiedlichsten Preisen. Können Sie mir so weit folgen? Etwas für jeden Geldbeutel, etwas für jeden Geschmack. So gibt es zum Beispiel Villenurlaube für Abenteuerlustige unter fünfunddreißig. Es gibt Wanderurlaube in die Türkei und Wanderurlaube für Singles im Himalaja. Es gibt Selbstversorgung in Portugal, Novembervergünstigungen in Casablanca, Februar in Biarritz. Es gibt Kultur-in-der-Toskana und Sonnenschein-in-Sorrento. Es gibt den Nil. Es gibt ›Your-Kind-of-Safari‹ in Kenia. Nun, was ich Ihnen zu erklären versuche, meine Guten: Natürlich sehen die Tickets und die Anhänger einander alle ähnlich, zwei rote Streifen auf gelbem Hintergrund.« Mrs Franks lachte plötzlich auf. »Wenn man also einfach anderen Leuten mit rot-gelben Anhängern folgen würde, könnte man es für möglich halten, dass man schließlich in einem Safaripark endet!« Mrs Franks' Rede überstürzte sich, die Wörter purzelten durcheinander und sprudelten geradezu zwischen ihren Zähnen hervor. »Aber natürlich«, fügte sie beschwichtigend hinzu, »könnte so etwas in tausend Jahren nicht passieren.«

»Wir wollten aber nicht in die Schweiz«, beharrte Keith störrisch.

»Dann schauen wir mal, ja?«

Unerwartet drehte sich Mrs Franks um, ging davon und ließ die beiden stehen. Der Empfangschef stand nicht länger hinter der Rezeption. Tippgeräusche waren zu hören.

»Sie scheint ziemlich nett zu sein«, flüsterte Dawne, »die Frau.«

Keith fand diese Bemerkung unnötig. Unter den gegebenen Umständen war jegliche Betrachtung über Mrs Franks ebenso belanglos wie die Beschreibung des Mannes im Reisebüro. Er versuchte, in Gedanken Schritt für Schritt nachzuvollziehen, was geschehen war: wie sie der jungen Frau die Tickets vorgezeigt und sich zum Warten hingesetzt hatten, dann die Stimme des Piloten, der sie an Bord willkommen geheißen hatte, und die Flugbegleiterin mit den glatten schwarzen Haaren, die umherging, um nachzuprüfen, ob auch alle angegurtet waren.

»Snaith hat er geheißen«, sagte Dawne. »Auf dem Plastikding vor ihm stand *Snaith*.«

»Wovon redest du?«

»Der Mann in dem Reiseladen hieß Snaith. *G. Snaith* stand darauf.«

»Der Mann war doch nur ein Angestellter.«

»Er hat uns aber falsch gebucht. Dieser Mann ist für alles verantwortlich, Keith.«

»Wie dem auch sei.«

Dawne hatte es vorausgesehen – früher oder später würde er sagen: »Wie dem auch sei.« Mit dieser Phrase wies er sie in ihre Schranken, das hatte er immer schon getan. Man gab eine unschuldige Bemerkung von sich, tat sein Bestes, um zu helfen, und schon kam er einem mit »Wie dem auch sei«. Man erwartete, dass er fortfuhr, den Satz vollendete, aber das tat er nie. Die Phrase hing einfach in der Luft, und er hörte sich ungebildet an.

»Rufst du den Mann an, Keith?«

»Welchen Mann meinst du?«

Sie erwiderte nichts. Er wusste genau, welchen Mann sie meinte. Er brauchte nur bei der Auskunft anzurufen und die Nummer des Reisebüros herauszufinden. Es war sinnlos, sich bei einem Empfangschef zu beschweren, der nichts damit zu tun hatte, oder bei einer Frau, die für eine ganz andere Pauschalreise zuständig war. Sinnlos, die Schuld dort zu suchen, wo sie nicht lag.

»Schön, auch ein paar junge Leute dabeizuhaben«, sagte ein ältlicher Mann. »Gestatten, Nottage.«

Dawne lächelte, so wie sie es im Laden tat, wenn jemand versuchte, liebenswürdig zu sein, aber Keith nahm die Begrüßung nicht zur Kenntnis, da er nicht in ein Gespräch verwickelt werden wollte.

»Schon die Enten gesehen, hm? Echt famos, die Enten.«

Die Frau des alten Mannes war bei ihm, beide sahen wie über achtzig aus. Sie nickte, als er sagte, die Enten seien echt famos. Wie die Murmeltiere hätten sie geschlafen, sagte sie, der erholsamste Schlaf, den sie seit Jahren gehabt hätten, was natürlich der Luft am See zu verdanken sei.

»Schön für Sie«, sagte Dawne.

Keith verließ den Empfangsbereich, und Dawne folgte ihm. Auf dem Kiesplatz vor dem Hotel sprachen sie nicht darüber, dass dem Missgeschick, das sich ereignet hatte, eine gewisse Ironie innewohnte. Der erste Urlaub seit ihren Flitterwochen, und sie hatten es fertiggebracht, sich auf einer Pauschalreise für alte Leute wiederzufinden, wo doch der Zweck des Urlaubs gerade darin bestand, den Bedürfnissen und Forderungen der Alten zu entrinnen. Auf seine herrische Art hatte Onkel das selbst gesagt, als sie ihn dazu überreden wollten, sie zu begleiten.

»Du musst Snaith anrufen«, sagte Dawne und reizte Keith nur noch mehr. Was sie einfach nicht begreifen wollte: Sollte der Irrtum tatsächlich dem Mann unterlaufen sein, von dem sie sprach, dann hatte sich in der Zwischenzeit alles dermaßen verschlimmert, dass der Mann einfach behaupten würde, in ihrer gegenwärtigen Zwangslage nichts für sie tun zu können. Keith verkaufte über den Tresen Versicherungen für die Allgemeine Unfallversicherungsgesellschaft und wusste einiges von den Komplikationen, die sich ergaben, wenn man bei einer Anforderung auch nur die geringste Fehlmeldung in ein Computerprogramm eingab. Irgendwo in der Kette der Ereignisse war etwas dergleichen passiert, aber es würde sehr, sehr lange dauern, Dawne das auseinanderzusetzen. Eine Kasse konnte Dawne so gut wie jede andere bedienen; im Laden wusste sie den Preis von Marsriegeln und verschiedenen Zigaretten- und Tabaksorten auswendig, ebenso die Preise sämtlicher Zeitungen und Zeitschriften, aber davon abgesehen hielt Keith sie für eher begriffsstutzig, oft war sie unfähig, einer einfachen Erörterung zu folgen.

»Hallo, da drüben!«, rief Mrs Franks, und als sie sich umdrehten, sahen sie, wie sie über den Kies auf sie zugeeilt kam. In der Hand hielt sie einen rosafarbenen Zettel. »Ich habe meine Hausaufgaben gemacht!«, rief sie, als sie etwas näher war. Sie winkte mit dem rosafarbenen Zettel. »Werfen Sie einen Blick darauf.«

Es war eine Liste mit Namen, ein Computerausdruck, jeder Name eine Reihe winziger Pünktchen. *K. und H. Beale*, lasen sie, *T. und G. Craven*, *P. und R. Feinman*. Es gab noch viele andere, darunter auch *B. und Y. Nottage*. Sie selbst standen an der richtigen Stelle im Alphabet, zwischen *J. und A. Hines* und *C. und L. Mace*.

»Die Sache ist die«, setzte Dawne an, und Keith sah weg.

Mit leiser Stimme fuhr seine Frau fort, Mrs Franks zu erklären, ihr Urlaub sei liebenswürdigerweise von dem alten Mann bezahlt worden, bei dem sie wohnten und der, schon bevor sie bei ihm einzogen, Dawnes Arbeitgeber gewesen sei und es noch immer war. Sie nannten ihn Onkel, aber er war kein Verwandter, eher ein Freund – mehr als das. Die Sache war die: Er würde sich sehr darüber ärgern, dass sie nicht in Venedig seien, wo er sich doch für Venedig entschieden hatte. Er würde sich sehr darüber ärgern, dass sie an einer Pauschalreise für Alte teilnahmen, wo er doch wollte, dass sie sich von den Alten einmal ausruhten, nicht dass es sie, Dawne, störe, sich um Onkel zu kümmern, oder je stören würde. Der Mann im Reisebüro habe gesagt, die Leute aus Windsor seien ziemlich jung. »So etwas merke ich mir immer«, schloss Dawne. »Snaith hat er geheißen. G. Snaith.«

»Nun, das ist sehr interessant«, äußerte sich Mrs Franks, um nach einer Pause hinzuzufügen: »Übrigens, Dawne, Mr Franks und ich sind noch in unseren Fünfzigern.«

»Wie dem auch sei«, sagte Keith. »Zu keinem Zeitpunkt haben wir einen Urlaub in der Schweiz gebucht.«

»Tja, das ist es ja, sehen Sie. Das Ticket, das Sie in Gatwick vorgezeigt haben, ist ganz unverkennbar, ganz eindeutig das gleiche wie das der Beales und der Maces – das gleiche wie unseres, wo wir schon einmal dabei sind. Nicht die Spur eines Unterschieds, Keith.«

»Wir müssen zu unserem richtigen Reiseziel befördert werden. Es müssen Vorbereitungen getroffen werden.«

»Ich weiß nicht, ob Sie es wissen, Keith, aber das Problem ist, dass zwischen Ihnen und Venedig ein halber Kontinent liegt. Dazu kommt noch, dass ich nicht für ›Your-Kind‹ arbeite, ganz und gar nicht. Wir bekommen nur ein leicht verbilligtes Ticket dafür, dass ich mich bereit erkläre, ein bisschen aufzupassen. Vor Ort, wie wir sagen.« Mrs Franks erklärte weiter, auch ihr Mann habe den rosafarbenen Zettel genauestens geprüft und sei ganz ihrer Meinung. Sie fragte Keith, ob er ihren Mann schon kennengelernt habe, und erklärte abermals, dass er der Mann mit dem schlimmen Bein sei. Er sei Buchhalter von Beruf gewesen und erledige, wenn es sich ergebe, nach wie vor eine Menge Buchhaltungsarbeiten, auf eigene Rechnung. Das Hotel Edelweiß sei ausgezeichnet, sagte sie. »Your-Kind« würde niemals ein mittelmäßiges Hotel auswählen.

»Wir möchten Sie bitten, Ihre Firma in London zu kontaktieren«, sagte Keith. »Wir gehören nicht zu Ihrer Gruppe.«

Schweigend, aber lächelnd hielt Mrs Franks ihm die rosafarbene Liste hin. Ihre Miene beharrte darauf, dass die Liste für sich sprach. Niemand konnte die Identität ihrer gepunkteten Namen zwischen all den anderen anfechten.

»Unser Name steht irrtümlich auf der Liste.«

Ein Mann humpelte ihnen über den Kies entgegen, ein großer Mann mit schlurfendem Gang. Sakko und Weste, marineblau und nadelgestreift, passten nicht recht zu seiner braunen Hose; seine Brille wurde mit Tesafilm zusammengehalten. Als er sich näherte, war sein geräuschvoller Atem zu hören. Er blies ihn durch halb geschürzte Lippen, die ungefähre Wiedergabe einer Gilbert-und-Sullivan-Melodie.

»Das sind die armen verlorenen Lämmlein«, sagte Mrs Franks. »Keith und Dawne.«

»Wie geht's?« Mr Franks streckte die Hand aus. »Dumme Sache, was?«

Es war Mr Franks, der Keith schließlich vorschlug, selbst bei »Your-Kind-of-Holiday« anzurufen, eine Nummer in

Croydon, und zu seiner Überraschung bekam Keith mühelos Anschluss. »Entschuldigen Sie mich für einen Moment«, sagte die junge Frau, als er ausgeredet hatte. Er hörte, wie sie mit jemand anders sprach, und hörte die andere Person lachen. Als die junge Frau wieder an den Apparat kam, sagte sie, die Spur eines Lachens in der Stimme, mitten in einer Pauschalreise sei es unmöglich, sich anders zu entscheiden. Unter keinen Umständen könne das gestattet werden. »Wir haben uns nicht anders entschieden«, protestierte Keith, aber als er noch einmal von vorn anfing, wurde die Verbindung unterbrochen, da er keine Münzen mehr hatte. Beim Empfangschef löste er einen Reisescheck ein und erhielt etliche Fünffrankenmünzen, doch als er die Nummer von neuem wählte, konnte man die junge Frau, mit der er gesprochen hatte, nirgends finden, sodass er die ganze Geschichte einer anderen jungen Frau erklären musste. »Es tut mir leid, Sir«, sagte die Frau, »aber wenn wir den Leuten erlauben würden, sich anders zu entscheiden, nur weil ihnen ein Ferienort nicht gefällt, könnten wir das Geschäft gleich aufgeben.« Keith fing an, in die Muschel zu brüllen, und Dawne klopfte an die Glasscheibe der Telefonzelle und hielt einen Zettel hoch, auf den sie geschrieben hatte: *G. Snaith hat er geheißen.* »Irgendein Verrückter«, hörte Keith die junge Frau in Croydon sagen, die die Sprechmuschel nur unzureichend mit der Hand abgedeckt hatte. Jemand brach in Kichern aus, bevor die Verbindung zu ihm getrennt wurde.

Es war nicht das erste Mal, dass Keith und Dawne auf diese Art zu leiden hatten: Niederlagen waren ihnen vertraut. Es hatte eine Zeit gegeben, zwei Jahre nach ihrer Heirat, da Keith sich durch den Kauf von Bastelmaterialien für

Flaschenschiffe verschuldet hatte; noch früher – bevor sie sich kennengelernt hatten – war es so weit gekommen, dass das Lamb and Flag Dawne entließ, weil sie Trinkgelder angenommen hatte, obwohl die Vorschriften dies ausdrücklich untersagten. Einmal hatte Keith das falsche Wasserrohr durchgesägt, und als die Zimmerdecke der Wohnung unter ihnen einstürzte, hatte der Hauswirt ihm eine Rechnung in Höhe von fast zweihundert Pfund präsentiert. Onkel war es gewesen, der Dawne nach der Lamb-and-Flag-Episode eine Stelle in seinem Laden verschafft und ihnen auf die Füße geholfen hatte, indem er die ausstehenden Bastelschulden beglich. Schließlich überredete er sie, bei ihm einzuziehen, wobei er hervorstrich, dass alle drei von diesem Arrangement profitieren würden. Seit dem Tod seiner Schwester hatte er es mühsam gefunden, sich allein zurechtzufinden.

In Interlaken wählten sie für ihn eine Ansichtskarte mit einem Berg, der in einem James-Bond-Film vorkam. Allerdings wussten sie nicht, was sie schreiben sollten: Wenn sie die Wahrheit gestünden, würden sie bei ihrer Rückkehr die unausgesprochene Verachtung des alten Mannes zu spüren bekommen – ein Ausdruck in seinen Augen, während er sie schweigend betrachtete. Vor Jahren hatte er – nur dieses eine Mal – offen gesagt, dass sie zu Unfällen neigten. Sie hätten in ihren Geschäften mit der Welt kein Glück, hatte er ausgeführt, als Dawne nachfragte; Nieten, könne man wohl sagen, falls sie ihm den Ausdruck verzeihen würden, geborene Opfer, ohne eigene Schuld. Seither waren solche Urteile nur von seinen Augen ausgesprochen worden.

»Man wählt ein Stück Torte aus«, sagte Dawne, »vorn beim Tresen. Sie tun es einem auf den Teller. Dann kommt die Kellnerin, und man bestellt den Tee. Ich habe beobachtet, wie es geht.«

Keith wählte ein Stück Reineclaudenkuchen mit Glasur, Dawne eine Portion Erdbeerkuchen. Kaum hatten sie sich gesetzt, als auch schon eine Kellnerin kam und lächelnd vor ihnen stand. »Tee mit Milch«, bestellte Dawne, denn als sie davon erzählt hatte, dass sie eine Auslandsreise machen wollten, hatte jemand, der in den Laden gekommen war, sie gewarnt, dass man die Milch eigens dazubestellen müsse, andernfalls werde der Tee einfach so gebracht, manchmal nichts weiter als ein Teebeutel und ein Glas heißes Wasser.

»Ein Streik?«, schlug Dawne vor. »Man hört doch ständig von Flughafenstreiks.«

Aber Keith starrte weiter auf die leere Ansichtskarte, er hielt es für unklug, Zuflucht zu einer Unwahrheit zu nehmen. Es war nicht leicht, den alten Mann anzulügen. Er hatte die Gabe, derlei Versuche unbeholfen erscheinen zu lassen, und am Ende kitzelte er die Wahrheit dann doch aus einem heraus. Aber seine Verachtung würde monatelang andauern, zumal er, wie er es nennen würde – und das mindestens einige hundert Mal –, »gutes Geld« für ihre Tickets gezahlt hatte. »Das ist wieder typisch Keith, also wirklich«, würde er in Dawnes Hörweite seine Kunden immer wieder in Kenntnis setzen, und sie würde es noch in derselben Nacht im Bett weitergeben, so wie sie seine Kommentare immer weitergab.

Keith verzehrte sein Stück Reineclaudenkuchen, Dawne ihren Erdbeerkuchen. Sie tauschten sich nicht darüber aus, was sie dachten, obwohl ihre Gedanken einander glichen. »Ihr habt beide keinen Sinn fürs Geschäftliche«, hatte er nach der Flaschenschiffmisere gesagt und dann wieder, als Dawne sich erfolglos als Änderungsschneiderin versucht hatte. »Nicht eine Woche würdest du durchstehen, wenn du unten die Verantwortung hättest.« Er sprach vom Laden stets als »unten«. Jeden Tag seines Lebens stand er um fünf Uhr auf, um unten zu sein, wenn die Zeitungen angeliefert wurden. So hatte er es dreiundfünfzig Jahre lang gehalten.

Das Flugzeug, schrieb Keith, *konnte den italienischen Flughafen wegen eines Streiks nicht anfliegen. So musste es stattdessen hier landen. Irgendwie ist das gut, denn auf diese Weise bekommen wir noch ein anderes Land zu sehen! Deine Erkältung ist hoffentlich besser geworden,* fügte Dawne dazu. *Es ist wirklich großartig hier! XXX*

Sie stellten sich vor, wie er die Karte Mrs Withers zeigte. »Das ist typisch, also wirklich«, sagte er in ihrer Vorstellung, und Mrs Withers würde versuchen, ihn bei Laune zu halten, und sagen, er solle nicht so sarkastisch sein. Mrs Withers war erfreut darüber gewesen, sich etwas hinzuverdienen zu können; ganz erpicht darauf, als er sie gebeten hatte, zwei Wochen lang Vollzeit zu arbeiten.

»Kann jedem passieren, so ein Streik«, sagte Dawne, Mrs Withers' Antwort vorwegnehmend.

Keith aß seinen Reineclaudenkuchen auf. »Rufen Sie bei Smith's wegen eines Testamentformulars an«, hörte er Onkels übellaunige, gereizte Stimme zu Mrs Withers sagen, und die Postkarte wäre bereits auf dem Embassy-Filter-Regal verstaut. Und wenn sie dann am nächsten Morgen mit dem Formular ins Geschäft käme, würde er es den ganzen Tag herumliegen lassen, doch wenn sie ginge und bevor er die Ladentür hinter ihr zusperrte, würde er es wieder in der Hand halten. »Albern, wirklich«, würde Mrs Withers sagen, wenn sie Dawne schließlich davon erzählte.

»Eigentlich bin ich genauso gern hier«, flüsterte Dawne, wobei sie sich ein wenig vorbeugte; endlich brachte sie den Mut auf, es zu sagen. »Ich bin genauso gern in der Schweiz, Keithie.«

Statt zu antworten, sah er sich in der Teestube um. Er

blickte auf die Kuchen, die in der langen Glasvitrine ausgestellt waren, welche auch als Tresen diente – Aprikose, Pflaume und Apfel, Karottenkuchen und Schwarzwälder Kirschtorte, Früchtekuchen mit dicker Glasur, Marzipanschnitten, kleine Zitronentörtchen, Orangenéclairs, Kaffeefondants. Verärgert über die Bemerkung seiner Frau, wollte er gemein zu ihr sein, indem er ihr die Antwort schuldig blieb. So ließ er seinen Blick über die Gesichter der Paare gleiten, die gelassen an runden, hübsch gedeckten Tischen saßen. Gemächlich musterte er die lächelnden Kellnerinnen, deren karmesinrote Schürzen dieselbe Farbe hatten wie die gerüschten Tischtücher. Er bemühte sich, den Anschein zu erwecken, als fühlte er sich von den Kellnerinnen angezogen.

»Es ist wirklich nett hier«, sagte Dawne, ihre Stimme noch immer leise und schüchtern.

Er konnte ihr nicht widersprechen; es gab an dem Ort nichts auszusetzen. Die Leute sprachen zwar deutsch, aber wenn man englisch sprach, verstanden sie einen. Enoch Melchor, Abteilung Schadensfälle, war letztes Jahr irgendwo in Italien gewesen und wegen der Sprache in alle möglichen Schwierigkeiten geraten: Einmal hatte er einen Fischkopf vorgesetzt bekommen, obwohl er glaubte, Erbsen bestellt zu haben.

»Wir könnten sagen, es hätte uns so gut gefallen, dass wir beschlossen hätten zu bleiben«, schlug Dawne vor.

Sie schien nicht zu verstehen, dass es nicht bei ihnen lag, irgendetwas zu entscheiden. Zwölf Tage Venedig waren für sie ausgewählt, zwölf Tage Venedig bezahlt worden. »Nicht viel besser als 'ne Jauchegrube«, hatte Enoch Melchor gesagt – nicht dass er jemals dort gewesen wäre. »Stinkt zum Himmel«, hatte er gesagt, aber auch darum ging es nicht. Erinnerungen an Venedig waren bestellt worden, Erinnerungen, die nach London mitgebracht werden mussten, zusammen mit Glasfiguren für den Kaminsims, da Venedig für sein Glas berühmt war. Die Speisezettel in der Pensione Concordia und die Melodien, die von den Caféorchestern gespielt wurden, sollten Tag für Tag in Dawnes Notizbuch festgehalten werden. Venedig badete im Sonnenschein, der beste Herbst seit Jahren, den Zeitungen zufolge.

Sie verließen die Teestube und spazierten durch die Straßen. Anfangs brannten ihnen die Augen, bis sie sich an den scharfen Wind gewöhnt hatten, der aufgekommen war. Sie betrachteten Auslagen voller Armbanduhren und schlenderten von einem Souvenirladen zum nächsten, da auf den Aushängen stand, dass der Eintritt gratis sei. Es gab eine Wanduhr mit einem Mädchen, das jede Stunde auf einer Schaukel schaukelte, eine andere mit einem Mann und einer Frau, die mit einer Säge hantierten, eine dritte mit einer Kuh, die gemolken wurde. Aus unterschiedlich geformten Spieldosen erklangen alle möglichen Melodien: »Lili Marleen«, »An der schönen blauen Donau«, »Laras Thema« aus *Doktor Schiwago*, »Der Schicksalswalzer«. Es gab Ofenhandschuhe, die auf Englisch mit dem Kalender für das kommende Jahr bedruckt waren, und Miniaturgestecke aus getrockneten Blumen, gerahmt und auf Samt. In den Pralinenläden waren sämtliche Marken zu kaufen. Lindt, Suchard, Nestlé, Cailler und Dutzende andere. Es gab Schokolade mit Nüssen und Schokolade mit Rosinen, mit Nougat und Honig, weiße, Milch- und Bitterschokolade, Schokolade gefüllt mit Fondant, mit Cognac, Whiskey oder Chartreuse, Schokoladenmäuse und Schokoladenwindmühlen.

»Es ist so angenehm hier«, bemerkte Dawne mit ungeheuchelter Begeisterung. Sie betraten eine andere Teestube, und diesmal aß Keith ein Stück Kastanientorte und Dawne eines mit schwarzen Johannisbeeren, beide mit Sahne.

Zum Abendessen saßen sie in einem geschmackvoll mit grau gestrichenem Holz getäfelten Speisesaal zwischen den Leuten aus Darlington, an einem Zweiertisch, genau wie es ihnen der Angestellte im Reisebüro versprochen hatte. Die Nudelsuppe mit Hühnerfleischeinlage entsprach ganz dem, was sie gewohnt waren, ebenso die Schweinekoteletts mit Apfelsoße und Pommes frites, die folgten. »Die wissen, was wir mögen«, rief die Frau namens Mrs Franks, als sie eine Runde von Tisch zu Tisch drehte, um an jedem dasselbe zu sagen.

»Wirklich nett«, stimmte Dawne ihr zu. Als ihnen der Irrtum zum ersten Mal aufgegangen war, war ihr übel geworden; sie hatte auf die Toilette gehen wollen, um einfach dort sitzen zu bleiben und darauf zu hoffen, dass alles nur ein Albtraum sei. Sie hatte sich selbst die Schuld gegeben, weil sie es gewesen war, die sich über die vielen alten Leute im Flugzeug gewundert hatte, wo doch der Mann im Reiseladen den Eindruck von jungen Leuten, von jungen Leuten aus Windsor, vermittelt hatte. Sie war es gewesen, die, nur einen Moment lang, die Stirn gerunzelt hatte, als der Pilot den Namen des Flughafens nannte. Keith hatte die Angewohnheit, ihre Zweifel beiseitezuwischen, so wie damals, als sie misstrauisch war wegen der Männer, die zur Tür kamen, um Matratzen zu verkaufen, und Keith überredeten, eine Anzahlung zu leisten. Das Problem mit Keith war, dass er immer so selbstsicher klang, als wisse er etwas, das sie nicht wusste, als habe ihn jemand informiert. »Wir sind nur für diese eine Nacht hier«, hatte er gesagt, und sie hatte gedacht, dass er das in der Reisebroschüre gelesen haben musste oder dass es ihm der Angestellte in dem Reiseladen gesagt hatte. Natürlich, er konnte nicht aus seiner Haut heraus; so war er nun einmal. »Du hast wohl Watte im Hirn, was?«, hatte Onkel grob bemerkt, damals, an dem Augustfeiertag, als der arme Keith sie in den langsamen Zug nach Brighton verfrachtet hatte, der eine Stunde länger brauchte.

»Silberstreifen, Keithie.« Sie legte den Kopf zur Seite, und ihr kleines Gesicht entspannte sich zu einem Lächeln. Vor dem Abendessen waren sie am Seeufer spazieren gegangen. Sie hatte sich nur bücken müssen, und schon waren die Vögel, die auf dem Wasser schwammen, angelockt worden. Danach hatte sie ihr neues beigefarbenes Kleid angezogen, das sie eigens für den Urlaub gekauft hatte.

»Morgen probiere ich es unter der Nummer noch einmal«, sagte Keith.

Sie sah, dass er sich nach wie vor Sorgen machte. Er war schrecklich gedrückt, wenngleich er seine Portion aufessen konnte. Er wurde unwirsch, wenn sie das Büro erwähnte, wo sie die Tickets gekauft hatten, also unterließ sie es, obwohl sie gern darauf zurückgekommen wäre. Zeit genug, die Suppe auszulöffeln, wenn sie zurück waren; besser, man machte jetzt das Beste daraus. Aber auch das sagte sie nicht.

»Wenn du willst, Keithie«, sagte sie stattdessen. »Versuch's, wenn dir danach ist.«

Natürlich beschäftigte es ihn mehr als sie; als Mann würde er auch mehr getadelt werden. Aber am Ende war es vielleicht gar nicht so schlimm, am Ende würden sie dem Sturm standhalten. Sie würden von der Fondueparty erzählen können und vom Besuch in der Schokoladenfabrik. Es gab die Wasservögel und die Teestuben und die Eisenbahnfahrt, für die sie einen Aushang gesehen hatten, bis hinauf zum Gipfel eines hohen Berges.

»Bananensplit?«, bot der Kellner an. »Oder vielleicht lieber Meringue Williams?«

Sie zögerten. Meringue Williams sei Schaumgebäck mit Birnen und Eiscreme, erklärte der Kellner. Sehr gut. Er selbst empfehle Meringue Williams.

»Klingt wunderbar«, sagte Dawne, und Keith nahm dasselbe. Sie überlegte, ob sie erwähnen sollte, wie nett alle zu ihnen waren – Mrs Franks war überaus einfühlsam, der Mann, der an ihrem Tisch vorbeigekommen war und nachgefragt hatte, ob das Essen recht gewesen sei, überaus freundlich, und der Kellner auch. Aber sie entschied sich dagegen, denn oft wollte Keith gar nicht aufgemuntert werden. »Trauerkloß« nannte Onkel ihn zuweilen, oder »Nieselpriem«.

Überall um sie herum plapperten die alten Leute. Dawne sah, dass sie älter waren als Onkel; einige von ihnen zehn Jahre älter, sogar fünfzehn. Sie fragte sich, ob es Keith wohl aufgefallen war, ob es zu seiner gedrückten Stimmung vielleicht beitrug. Sie hörte, wie sie sich über die Souvenirs unterhielten, die sie gekauft, über die Teestuben, die sie besucht hatten; gesund und munter wirkten sie, noch immer voller Lebenslust wie Onkel. »Jeden Tag kann es so weit sein, dass ich den Löffel abgebe«, sagte der gern, was natürlich Unsinn war. Dawne beobachtete, wie die alten Münder Banane oder Meringue aufnahmen, das langsame Kauen, den Genuss der Süße. Onkel hatte noch gut zwanzig Jahre vor sich, dachte sie plötzlich.

»Es ist einfach Pech«, sagte sie.

»Wie dem auch sei.«

»Sag das nicht, Keithie.«

»Sag was nicht?«

»Sag nicht ›Wie dem auch sei‹.«

»Und warum nicht?«

»Ach, einfach darum.«

Sie hatten einen gemeinsamen Heimhintergrund: Beide hatten sie ihre Eltern nicht gekannt. Dawne konnte sich an Keith erinnern, als er elf Jahre alt war und sie neun, obwohl sie sich damals nicht zueinander hingezogen gefühlt hatten. Später sahen sie sich wieder, als sie anlässlich des alljährlichen Tanzes ihr Kinderheim besuchten – Disco nannte man das zu jener Zeit. »Ich habe Arbeit in einem Laden gefunden«, hatte sie gesagt, ohne Onkel zu erwähnen, denn damals, zu der Zeit, als seine Schwester noch lebte, war er nur ihr Arbeitgeber gewesen. Sie waren schon eine Weile verheiratet, bevor er zu einer wichtigen Größe in ihrem Leben wurde. Mittlerweile konnten sie, ohne groß nachzudenken, jede seiner Stimmungsschwankungen und Marotten erahnen, konnten den nächsten Streit mit Reverend Simms, in dessen Kirche er gelegentlich ging, schon aus weiter Ferne vorhersehen. Früher hatten sie versucht, derartigen Streitigkeiten vorzubeugen, sich gegen Stimmungsschwankungen zu wappnen und seinen Marotten, wenn sie lästig wurden, entgegenzutreten. Das taten sie nicht mehr. Obwohl er ihnen genau zuhörte, beachtete er nicht, was sie sagten, da er die Oberhand hatte. Die smithschen Testamentsformulare und ein altes Billardzimmer – »der schönste Ort, an dem ein Mann eine Stunde verbringen kann« –, das war es, womit er ihnen drohte. In dem Billardzimmer traf er sich mit seinen Freunden; dort las er seinen *Daily Express* und trank Double Diamond, seiner Meinung nach das beste Flaschenbier der Welt. Es wäre schrecklich, wenn Männer, ganz gleich welchen Alters, in diesem Zimmer nicht mehr Billard spielen könnten, schrecklich, wenn keine Mittel mehr vorhanden wären, um den Betrieb für immer am Laufen zu halten.

Mrs Franks machte eine Ankündigung. Sie bat um Ruhe, dann teilte sie die Einzelheiten des Programms für den nächsten Tag mit. Geplant war ein Ausflug zu dem James-Bond-Berg, Treffpunkt sei der Platz vor dem Hotel um halb elf. Wer nicht mitkommen wolle, möge ihr bitte heute Abend Bescheid geben.

»Wir müssen nicht mit, Keithie«, flüsterte Dawne, nachdem Mrs Franks sich hingesetzt hatte. »Nicht, wenn wir nicht wollen.«

Das Geplapper setzte von neuem ein, Löffel wurden aufgeregt durch die Luft geschwenkt. Falsche Zähne, graue Haare, Brillengestelle; Onkel hätte gut dazu gepasst, aber das würde nie geschehen, denn Onkel beteuerte, dass er alte Menschen verachte. »Das erzählt ihr *mir*? Ihr wollt mir weismachen, dass ihr euch mit einem Haufen Rentner zusammengetan habt?« So deutlich, als säße er neben ihr, konnte Dawne seine von gespielter Verblüffung durchdrungene Stimme hören. »Ihr seid im falschen Land angekommen und habt euren Urlaub mit einem geriatrischen Verein verbracht? Das wollt ihr mir doch wohl nicht weismachen?«

Bei aller Anteilnahme hatte Mrs Franks die Sache doch heruntergespielt. Sie wusste, dass ein junges Paar in den Dreißigern auf einer Pauschalreise für alte Leute nichts verloren hatte; sie wusste, dass der Irrtum nicht bei ihnen lag. Aber es hatte keinen Sinn, Onkel gegenüber Mrs Franks zu erwähnen. Es hatte keinen Sinn, zu sagen, dass Keith zu dem Empfangschef und den Leuten in Croydon ausfallend geworden war. Er würde zuhören, und dann würde Schweigen herrschen. Danach würde er anfangen, über das Billardzimmer zu reden.

»Schönen Tag gehabt, ja?«, sagte Mrs Franks beim Verlassen des Speisesaals. »Ende gut, alles gut, stimmt's?«

Keith aß weiter an seiner Meringue Williams, als sei er gar nicht angesprochen worden. Mr Franks kommentierte lachend die Meringue und sagte, sie alle müssten auf ihre schlanke Linie achten. »Ich muss schon sagen«, meinte Mrs Franks, »mit dem Wetter haben wir Glück. Wenigstens regnet es nicht.« Sie trug dieselbe auffällige Kleidung. Sie sagte, sie habe ein paar Sachen von Madame Rochas kaufen können, enorme Schnäppchen.

»Das mit den alten Leuten brauchen wir ja nicht zu sagen«, flüsterte Dawne, als das Ehepaar Franks weitergegangen war. »Brauchen wir gar nicht zu erwähnen.«

Dawne grub in dem tiefen Glas nach der Eiscreme, die unter den Birnenschnitzen lag. Sie wusste, was er dachte: dass ihr das mit den alten Leuten herausrutschen würde. Jeden Samstag wusch sie Onkel die Haare, da er es selbst zu beschwerlich fand. Da er jedoch über das lauwarme Wasser murrte, das nötig war, damit er sich hinterher keine Erkältung holte, musste sie ihn bei Laune halten. Sie hatte es immer schon schwierig gefunden, zwei Dinge gleichzeitig zu tun, und so kam es während des Haarewaschens gelegentlich vor, dass sie sich beim Reden vergaß. Aber sie war entschlossen, diesen Fehler nicht noch einmal zu begehen, so wie sie schon vor Ewigkeiten den Vorsatz gefasst hatte, sich nicht durcheinanderbringen zu lassen, wenn er ihr plötzlich eine Frage stellte, während sie die unverkauften Zeitungen zählte.

»Haben Sie Ihre Freunde aus Windsor gefunden?«, erkundigte sich eine alte Frau mit Gehhilfe. »Ach, es wäre schlimm, wenn Sie Ihre Freunde verloren hätten.«

Dawne klärte sie auf, da die Frau es nicht böse gemeint hatte. Andere alte Leute standen daneben und lauschten, aber einige von ihnen waren schwerhörig und baten darum, das Gesagte zu wiederholen. Keith fuhr fort, seine Meringue Williams zu essen.

»Es ist doch nicht ihre Schuld, Keithie«, begann sie zögerlich, als die Leute weitergegangen waren. »Die können doch nichts dafür.«

»Wie dem auch sei. Es gibt keinen Grund, ihre Aufmerksamkeit auf uns zu ziehen.«

»Ich habe ihre Aufmerksamkeit nicht auf uns gezogen. Sie sind einfach hergekommen. Genau wie Mrs Franks.«

»Wer ist Mrs Franks?«

»Du weißt genau, wer sie ist. Die füllige Frau. Sie hat uns heute Morgen ihren Namen genannt, Keithie.«

»Sobald ich zurück bin, werde ich entsprechende Schritte in die Wege leiten.«

An seinem Tonfall erkannte sie, dass er darüber nachgedacht hatte. Die ganze Zeit auf dem Dampfer nach Interlaken, die ganze Zeit in der Teestube und in den kalten Straßen und in den Souvenirläden, die ganze Zeit, während sie sich die Uhren- und die Schokoladenauslagen angesehen hatten, die ganze Zeit in dem grau getäfelten Speisesaal – die ganze Zeit über hatte er geplant, was er sagen und was er vermutlich schon auf der nächsten Ansichtskarte schreiben würde: dass er vorhatte, eine Klage anzustrengen. Nach ihrer Rückkehr würde er in der Küche stehen und seine Absichten darlegen, ganz sachlich. Gleich am Montag, so würde er erklären, werde er einen Anwalt aufsuchen, ein Termin während der Mittagspause. Und Onkel würde schweigen, würde nicht einmal ab und zu den Kopf senken oder schütteln, da er wusste, dass Anwälte Geld kosteten.

»Sie sind für den vollen Betrag haftbar. Für jeden Penny.«

»Lass uns doch versuchen, uns zu amüsieren, Keithie.

Warum sage ich Mrs Franks nicht, dass wir auf den Berg mitkommen?«

»Auf was für einen Berg?«

»Der Berg, von dem sie gesprochen hat, der auf der Ansichtskarte, die wir ihm geschickt haben.«

»Ich muss morgen früh in Croydon anrufen.«

»Das kannst du auch vor halb elf, Keithie.«

Die letzten der alten Leute trotteten aus dem Speisesaal und wünschten ihnen im Hinausgehen eine gute Nacht. Der Tag würde kommen, dachte Dawne, wo sie auf eigene Faust nach Venedig führen, mit Leuten wie den Leuten aus Windsor. Sie stellte sich die Leute aus Windsor in der Pensione Concordia vor, keiner von ihnen einen Tag älter als sie selbst. Sie stellte sich vor, wie Signor Bancini sich unter sie mischte und im Vorübergehen ein, zwei Wörter Italienisch dolmetschte. Im Speisesaal der Pensione Concordia gäbe es Gelächter, und auf den Tischen stünden Rotweinflaschen. Die jungen Leute hätten Namen wie Désirée und Rob, Luke und Angélique, Seán und Aimée. »Wir nannten ihn immer Onkel«, hörte sie ihre eigene Stimme sagen. »Er ist vor einiger Zeit gestorben.«

Keith stand auf. Der Kellner, geschickt mit den Tischtüchern hantierend, wünschte ihnen eine gute Nacht. Die Rezeption war jetzt mit einer jungen Frau besetzt, die ihnen zulächelte. Einige der alten Leute standen herum und meinten, für einen Spaziergang sei es zu kalt. Natürlich fehle einem das Fernsehen, bemerkte einer von ihnen.

Die Wärme ihrer Körper war ihnen ein vertrauter Trost. Sie hatten keine Kinder, weil die Zimmer über dem Laden für Kinder ungeeignet waren. Das Schreien in der Nacht hätte Onkel in den Wahnsinn getrieben, und natürlich konnte man seinen Standpunkt verstehen. Einmal – sie wohnten noch nicht lange bei ihm – hatten sie nicht aufgepasst und nicht wenig Geld ausgeben müssen, um die Folgen zu beseitigen.

Sie unterließen es, zu sagen, dass ihre Körper ihnen ein Trost waren. Das hatten sie noch nie gesagt. Was sie in ihrer beider Leben sagten, hatte mit Keiths Hoffnung auf Beförderung zu tun oder mit den Kleidern, die Dawne sich wünschte. Was sie sagten, hatte mit ihren Bemühungen zu tun, sich ein Zubrot zu verdienen oder ihre Rechnungen zu bezahlen, indem sie die Holzarbeiten im Haus eines alten Mannes reinigten und seine fadenscheinigen Teppiche mit Reißzwecken befestigten.

Wenn er ihre Neuigkeiten hörte, würde er die Ersparnisse bei der Halifax Building Society erwähnen, den Geschäftswert des Ladens und die Schätzung, die vor vier Jahren vorgenommen worden war. Er würde wieder erwähnen, dass Männer jeden Alters einen Ort haben sollten, wo sie abends oder nachmittags oder morgens hingehen konnten, einen Ort, an dem man seine Ruhe hatte. Er würde sie daran erinnern, dass ein Mann, der Nutznießer dieser Einrichtung gewesen war, nicht aus dem Leben scheiden konnte, ohne Vorkehrungen für die Miete, die Heizkosten und neue Billardtische getroffen zu haben, wenn es so weit wäre. »Zum Andenken an einen anspruchslosen Mann«, würde er wiederholen. »Ladeninhaber in diesem Viertel.«

In der Dunkelheit sagten sie einander nicht, dass ihnen eine weitere Demütigung erspart geblieben wäre, wenn er nicht darauf beharrt hätte, dass sie ein bisschen Herbstsonne brauchten. Es war, als ob er, der sie so gut kannte, ihr Scheitern eingefädelt hatte, um seiner Verachtung Nahrung zu geben. Als Geschöpfe einer ärmlichen Anstalt, hatten seine Augen schon so oft gesagt, konnten sie allein nicht klarkommen: waren nicht einmal imstande, ihre wechselseitigen Bedürfnisse zu befriedigen.

In der Dunkelheit sagten sie nicht, dass ihre Gier nach seinem Geld sich nicht von seiner Gier nach ihrem Gehorsam unterschied, dass es Gier war, was die Dreieinigkeit nährte, zu der sie geworden waren. Sie sagten nicht, Geld – und die Freiheit, die es verhieß – sei der Leitstern ihres Lebens, so wie seine Grausamkeit die letzte Freude in seinem. Während sie sich, fast ohne es zu merken, unter den Bettdecken aneinander festhielten, hörten sie bereits sein leises, spöttisches Lachen – zuerst, als sie noch wach waren, dann, als sie bereits schliefen.

NACHWORT

Die Zeit ist wie die Luft; sie ist immer da, sie verändert die Menschen und formt den Charakter. Auch die Erinnerung formt den Charakter – die Art und Weise, wie man sich bestimmter Dinge erinnert, macht einen zu dem, der man ist.

William Trevor

In jungen Jahren, ehe er endgültig Schriftsteller wurde, hat William Trevor als Lehrer und als Bildhauer gearbeitet. Von diesen beiden weit auseinanderliegenden Metiers hat er sich gewisse Tugenden bewahrt und auf eigentümliche Weise für sein Schreiben fruchtbar gemacht. Es sind die Gabe der Beobachtung und die Fähigkeit, »um etwas herumzusehen«, wie er es nennt.

Die Beobachtung ist für den Schriftsteller ein unerlässlicher, immerwährender Prozess der Verlangsamung – die Beobachtung von Menschen und scheinbar beiläufigen, schnell vergessenen Vorfällen und Details: das Relief einer gestickten Blume auf einem kirschroten Kleid, der erschöpfte Blick einer Frau im Zug und so weiter. Es sind diese wie zufällig herbeigerufenen und in die Erzählung eingefügten Beobachtungen, die den Personen in Trevors Geschichten auf eine ebenso diskrete wie geradezu zwangsläufige Weise angemessen sind. Sie gehören so sehr zu ihnen, machen sie so sehr aus, dass wir uns etwas anderes nach wenigen Zeilen schon gar nicht mehr vorstellen können. Wir erkennen und wiedererkennen sie augenblicklich.

Trevor erwähnte in einem Interview, dass er häufig zusätzliche Handlungen seiner Personen im Geiste erfindet, die lediglich dazu dienen, ihrer besser habhaft werden und mit ihnen umgehen zu können. Wenn sie in einer Erzählung ein Zimmer verlassen, weiß der Autor, wohin sie gehen, was sie in der Zwischenzeit bis zu ihrer Rückkehr getan und gesagt haben. Von alldem erfahren wir, seine Leser, nichts, diese Passagen sind längst Makulatur geworden, doch wir spüren eine gelegentlich fast beängstigende Vertrautheit des Autors mit seinen Figuren.

Mit wenigen Strichen gelingt es ihm, die Kontur seiner Figuren plastisch zu machen. Und wie wir eine Skulptur nur erkennen können, wenn wir sie umschreiten und sie von allen Seiten betrachten, streben Trevors Erzählungen danach, nicht nur einzelne Gestalten besonders anschaulich und vertraut zu machen, sondern das Ensemble der auftretenden Personen in einer für den Leser durchsichtigen Binnenspannung agieren zu lassen.

So sind in der Erzählung »Das Teddybärenpicknick« nicht nur die beiden Protagonisten, die jungvermählten Deborah und Edwin, in den sich abzeichnenden Verstrickungen einer Gartenparty gegenwärtig, sondern auch die Freunde und Bekannten aus der schier unaufhörlichen Vergangenheit der jungen Frau rücken uns sehr nahe – sei es, weil sie mit ihren sentimentalen Spielereien die unsichere junge Ehefrau auf verquere Weise vor ihrem humorlosen Mann schützen oder ablenken wollen, sei es, weil sie sich in ihrem Ritual, das still verhohlen dem Teddybär-Gott Pu geweiht ist, einen störrischen Rest von unnützem, kindischem Leben bewahrt haben. Ein Wochenendvergnügen, ein Spiel, an dem die ebenso verständliche wie bornierte Kritik des börsenjobbenden Ehemanns einfach abprallt.

Es genügt, wie im Fall dieser Erzählung, der Rückgriff der jungen Frau auf eine Zeit vor der Ehe, auf das Festhalten an einem Ritual – und schlagartig ist das fragile Gleichgewicht des Paares infrage gestellt. Mit gelindem Entsetzen werden die beiden gewahr, dass sie, die sich immer wieder ihrer Liebe versichern, einander *auch* fremd sein können. Und dass diese verstörende Erkenntnis erst die Voraussetzung dafür ist, sich überhaupt kennenzulernen.

Trevor begleitet seine Charaktere mit der Wünschelrute seiner Empathie durch das schwierige Gelände des Alltags. Es ist ein unheroischer Alltag mit unheroischen Menschen, angefüllt mit schnell aufflackernden und verlöschenden Hoffnungen. In »Das Teddybärenpicknick« ist es der – vergebliche – Wunsch der Ehefrau, Edwin möge ein Einsehen mit ihr und ihrer Party haben und am Ende einlenken und ihren Spaß teilen. Doch daneben oder besser gesagt darunter lässt Trevor diskret ältere Erinnerungen an die Oberfläche einer ungewissen Gegenwart dringen: Ahnungen und Erinnerungen, dass in einem ungreifbaren »Damals« kleine Missverständnisse nicht beachtet oder abgetan wurden – und dass sich diese Vorzeichen jetzt auf undramatische Weise als Übellaunigkeit und Verstocktheit »rächen«. Trevor hat ein untrügliches Gespür für leichthin ausgestreute Insinuationen, so wenn die Mutter des jungen Ehemannes über dessen Frau und ihre Freunde lediglich bemerkt: »Aber jetzt sind sie doch längst erwachsen«, und die Wirkung ihrer Missbilligung auf den Sohn nicht verfehlt.

In der Erzählung »Eine Dreieinigkeit« genügt es, dass ein Moment in einem routinierten Ablauf aussetzt, und schon nimmt ein »kleines Unheil« seinen Lauf: eine mit den schönsten Versprechen ausgestattete Pauschalreise nach Venedig wurde falsch gebucht, und Keith und Dawne landen mit einem Pulk älterer nordenglischer Touristen in einem Hotel in der Schweiz.

Das kleine Unheil legt bloß, wie zerbrechlich und heillos das Leben dieses Paares ist. Als Waisenkinder groß geworden, hatten sie einander früh kennengelernt, ohne eine tiefere Neigung füreinander zu entwickeln. Sie haben sich nicht gefunden, sondern sind zusammengeblieben, haben sich freiwillig und phlegmatisch in die Obhut eines Mannes begeben, den sie Onkel nennen. Und in solcher »Trinität« verharren sie relativ problemlos, bis die widrigen Umstände und die eigene Unbeholfenheit das labile Gleichgewicht durcheinanderbringen. Von dem Augenblick an, da das Pärchen allein auf sich gestellt ist – als wären sie zum ersten Mal »in der Welt« – und die Kalamität bereinigen will, werden bislang verborgene Idiosynkrasien zwischen ihnen spürbar und wirksam. Keith schneidet Dawne mit seinem stereotypen »Wie dem auch sei« das Wort ab, weil seine einzigen, pauschalen Gedanken sich nur darum drehen, wie die »Situation« rückgängig zu machen ist, während die von ihm mit kaum verhohlener Verachtung behandelte Dawne die Lage eher zu akzeptieren und zu meistern bereit ist.

> *Wenn der Roman wie ein verwirrendes Renaissancegemälde ist, dann ist die Kurzgeschichte wie ein impressionistisches Tableau. Sie sollte eine Explosion der Wahrheit sein. Aus der Erzählung ist die Bedeutungslosigkeit vollkommen verbannt, während andererseits das Leben die allermeiste Zeit bedeutungslos ist.*
>
> William Trevor

Selten enden die Erzählungen mit einer wuchtigen Pointe. Darauf hat Trevor es auch gar nicht abgesehen. Man kann mit ihnen lernen, verklingende Dissonanzen zu ertragen.

Wenn, wie in »Das Teddybärenpicknick«, der alte gebrechliche Gastgeber am Ende während der Party durch einen Unfall zu Tode kommt – wozu Edwin auch beigetragen hat –, dann ist dieser bestürzende Vorfall nicht der wirkliche Höhepunkt und Abschluss der Geschichte, sondern vielmehr ist es der angehängte Nachsatz, der auf rabiate Weise den Charakter des Ehemanns bloßlegt: »Er erklärte Mr Ainley-Foxleton für tot, dann nahm er die Sache in die Hand.«

Bestimmte Vorkommnisse und Zeichen aus der Vergangenheit nehmen bei Trevor den Charakter von Botenstoffen an. »Die Handtasche von Colette Nervi« spielt im armen ländlichen Irland der frühen sechziger Jahre. Im Zentrum steht die durch Kinderlähmung verkrüppelte, empfindsame junge Dolores, die fürchten muss, ihr werde aufgrund der Behinderung die körperlicher Nähe und Liebe zu einem Mann für immer verwehrt bleiben. Es genügen einige wenige Beobachtungen, und wir begreifen, wie reich und intensiv die Vorstellungskraft dieser Frau ist. Der Anblick eines eleganten französischen Touristenpaares, das rote Automobil, die Umarmung der Liebenden – von ihrem Zimmer aus sieht sie diese Dinge wie ausgeschnittene, exotische Bilder und bewahrt unauslöschliche Erinnerungen daran. Mit ebensolcher Hingabe versenkt sie sich in Wildwestromane und besucht, ein einziges Mal, ein Kino. Sie sieht wie ein unvergängliches Bild *Verdammt in alle Ewigkeit*. Diese ebenso trivialen wie wahrhaftigen Momente geben ihr Halt in der Gegenwart und entwickeln sich in der Dunkelkammer ihres Herzens zu einer Art Gegenbild angesichts ihres betrüblichen Alltags.

Als der träge Bauernsohn Henry Garvey auch nur andeutet, ihren Nacherzählungen der Romane zuhören und auf sie eingehen zu wollen, ist es allein diese halbe Zuwendung, die sie schwach und nachgiebig werden lässt. Dass er sie nach der Hochzeit ausgerechnet mit Diebesgut beschenkt, mit dem Schmuck und den Utensilien des französischen Paares, das sie in ihrer Fantasie verklärt hat, macht ihr Glück bitter, doch wagt sie es nicht, die Wahrheit auszusprechen und das vergiftete Geschenk zurückzuweisen.

»Im Leben«, sagt Trevor, »gibt es ein bestimmtes Quantum an Hoffnung, das nicht unentwegt erneuert wird. Die Menschen in meinen Erzählungen sind nicht fürchterlich verzweifelt; sie müssen sich zurechtfinden, und sich zurechtzufinden ist durchaus eine Leistung.«

Was geschieht, wenn eine aus Neigung hervorgerufene und durch stilles Begehren gelockerte Empathie vom Wunschdenken fehlgeleitet wird, zeigt die Erzählung »In Isfahan«. Die etwas verloren und selbstgenügsam zwischen England und Indien pendelnde Mittdreißigerin Iris Smith, ehemals Stenotypistin, fasst vor der exotischen Kulisse von Isfahan Zutrauen zu einem alleinstehenden Engländer, Mr Normanton. Sie vertraut sich ihm an, bewundert ihn, öffnet sich ihm, während seine Haltung ihr gegenüber herablassend ambivalent bleibt. Er ist ebenso hingerissen von ihren Augen, wie er von ihrer Stimme abgestoßen wird.

Mit dem zagen Mut einer leise Enttäuschten erzählt sie ihm von den unfröhlichen Umständen ihres Ehelebens in Bombay. Wie zum Beweis ihrer wurzellosen Existenz nennt sie sich selbst abwechselnd bei ihrem Mädchennamen und ihrem angeheirateten Namen Azann. Das Glück hier in Isfahan besteht für sie auch darin, ihm, einem Fremden, ihre Geschichte erzählen zu können. Als sie ihrerseits ihn vorsichtig befragt, weicht er ins vage Allgemeine aus. Sie fasst nach und glaubt mithilfe ihrer Empathie seinen Beruf – Architekt – und seine Lebensumstände genau erraten zu können: Er sei wohlhabend, glücklich auf dem Land verheiratet mit einer tüchtigen Frau, die nicht gern reise. Er lässt sie gewähren und in ihrem Glauben verharren und führt sie durch seine leicht spöttische Indifferenz in die Irre. »Er war einverstanden mit dem novellenartigen Bild, das sie sich von ihm gemacht hatte.« Trevor souffliert uns, wie es tatsächlich um ihn steht. Normanton hat nicht den Mut, ihr zu erzählen, dass er kein smarter Architekt ist und überdies von seinen beiden Ehefrauen jedes Mal zum Hahnrei gemacht wurde. Als Mrs Smith abreist und ihm für die in ihren Augen so erfreuliche Begegnung ausdrücklich dankt, bereut er und fantasiert, wie er im letzten Augenblick das Blatt wenden könnte. Er überlegt, ihr nachzueilen, doch am Ende unterlässt er es. »Sie hatte Klasse, er nicht«, so endet die Geschichte.

Trevors Personen stehen nur für sich selbst, sie sind weder Typen, noch verweisen sie oder ihre Haltungen auf etwas, das jenseits von ihnen liegt. »Short Storys handeln von kleinen Leuten«, sagt Trevor und zitiert Frank O'Connor. Verblüffend, ja fast rätselhaft aber bleibt, in welchem Maße dieser Autor imstande ist, sich in seine so unterschiedlichen Charaktere zu versetzen. Er kennt junge heranwachsende Mädchen ebenso gut wie alte Männer und Frauen, städtische Angestellte und vereinsamte Bauern. Er kann, wie er bekennt, gut zuhören. Und er hört gern und sehr genau zu. Das individuelle Idiom stimmt und, was noch viel bedeutender ist, die jeweilige Gefühlslage, aus der heraus diese Menschen agieren und sprechen.

Trevors Kunst, uns seine Landsleute – es sind in der Regel Iren oder Engländer, zu Hause oder unterwegs – vertraut zu machen, tritt so dezent auf, dass wir gelegentlich fast vergessen, wie weit und tief wir in diese fremd-vertraute Mentalität mit seiner Hilfe eindringen. Fernab von touristischer Folklore und künstlich aufrechterhaltener Andersartigkeit stellt er uns mit seinen Erzählungen einen Passierschein für die mentale Binnenwelt dieser Länder aus. Lesend verblasst vor unseren Augen das Land, das einmal »green and pleasant« genannt wurde, und weicht den fahlen und stärkeren Farben eines Alltags, den kennenzulernen wir unversehens eingeladen werden.

Er sei ein Story-Schreiber, der gelegentlich auch Romane verfasse, auf keinen Fall umgekehrt. Was ihn an den Kurzgeschichten am meisten reize, sei die Tatsache, dass er sie beim Schreiben mit einem Blick umfassen könne, man wisse, worauf sie hinauslaufen würden. »Sie sind die Kunst des erhaschten Augenblicks« und zwingen den Autor, mehr wegzulassen als dazuzugeben. Doch genau diese Fähigkeit, uns, seine Leser, durch diese Auslassungen zu führen und unsere Vorstellungskraft anzuregen, sie mit dem zu ergänzen, was nur angedeutet, umschrieben oder gänzlich unausgesprochen ist, diese Fähigkeit bewirkt, dass viele seiner Figuren zu Personen werden, die uns vertraut geworden sind wie Zufallsbekanntschaften und deren Schicksal uns bewegt, noch lange nachdem wir das Buch geschlossen haben.

Hanns Zischler

ZUM AUTOR

William Trevor, Jahrgang 1928, verbrachte seine Kindheit im ländlichen Irland. Er besuchte das Trinity College in Dublin und ist Mitglied der Irish Academy of Letters. Sein umfangreiches Werk umfasst Erzählungen und Romane und wurde mit zahlreichen literarischen Preisen ausgezeichnet; zuletzt erhielt er 1999 den David Cohen British Literature Prize für sein Gesamtwerk. Bei Hoffmann und Campe erschienen seine Romane *Die Geschichte der Lucy Gault*, *Felicias Reise*, *Turgenjews Schatten* und *Liebe und Sommer*. Der Erzählungsband *Seitensprung* war 2004 unter den »100 Notable Books of the Year« der *New York Times*. Für *Tod des Professors* erhielt Trevor den Irish Times Literature Prize. Die Erzählungen mit dem Titel *Mogeln beim Canasta* erschienen 2011.

ZUM HERAUSGEBER

Hanns Zischler, geboren 1947, arbeitete als Übersetzer, spielte erste Filmrollen unter Wim Wenders und war 1972 für zwei Jahre an der Berliner Schaubühne als Regieassistent und Dramaturg. Seit Mitte der siebziger Jahre schreibt er Kritiken und literarische Essays. 1996 erschien sein hochgelobtes Buch *Kafka geht ins Kino*. Als Darsteller in Fernseh- und Kinofilmen hat Hanns Zischler u. a. mit Rudolf Thome, Jean-Luc Godard und Steven Spielberg gearbeitet.

TEXTNACHWEIS

»In Isfahan«, aus: *Angels at the Ritz and Other Stories*. Bodley Head, London, 1975. Deutsch von Hans-Christian Oeser.

»The Teddy-bears' Picnic«, aus: *Beyond the Pale and Other Stories*. Bodley Head, London, 1981. Deutsch von Hans-Christian Oeser.

»The Property of Colette Nervi«, aus: *The News from Ireland and Other Stories*. Bodley Head, London, 1987. Deutsch von Thomas Gunkel.

»A Trinity«, aus: *Family Sins and Other Stories*. Bodley Head, London, 1990. Deutsch von Hans-Christian Oeser.